BRAVOS MARINHEIROS

Rudyard *Kipling*

TRADUÇÃO
JORGE HENRIQUE BASTOS

TEMPORALIS

Título original: *Captains Courageous*

Bravos Marinheiros

1ª edição: Janeiro 2023

Autor:
Rudyard Kipling

Tradução:
Jorge Henrique Bastos

Preparação de texto:
Elisabete Franczak Branco

Revisão:
Patrícia Alves Santana

Projeto gráfico e diagramação:
Vitor Donofrio (Paladra Editorial)

Capa:
Jéssica Wendy

DADOS INTERNACIONAIS DE CATALOGAÇÃO NA PUBLICAÇÃO (CIP)

Kipling, Rudyard
Bravos marinheiros / Rudyard Kipling ; tradução de Jorge Henrique Bastos. — Porto Alegre : Citadel, 2023.
208 p.

ISBN 978-65-5047-213-9
Título original: Captains courageous

1. Ficção inglesa I. Título II. Bastos, Jorge Henrique

23-0460 CDD - 823

Angélica Ilacqua - Bibliotecária - CRB-8/7057

Produção editorial e distribuição:

contato@citadel.com.br
www.citadel.com.br

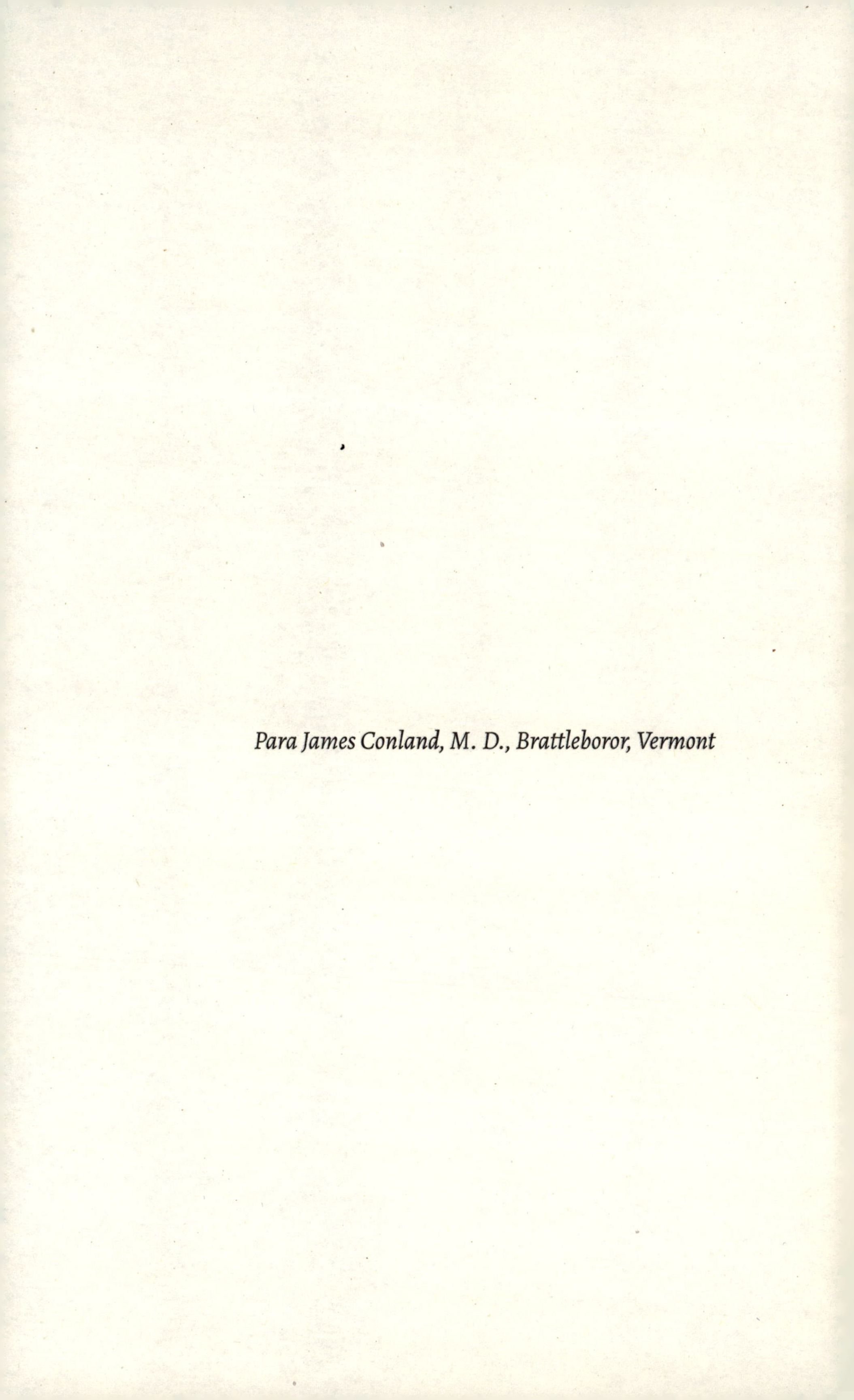

Para James Conland, M. D., Brattleboror, Vermont

“Eu lavro a terra com cavalos,
Mas meu coração estava aflito na tranquilidade.
Porque os velhos marinheiros
Vinham sempre até mim
Para me contar as sagas que viviam no mar.”

Longfellow

CAPÍTULO I

A PORTA ABERTA E GASTA do salão de fumar deixava entrar a neblina do Atlântico Norte, enquanto o grande barco de passageiros baixava e se erguia, fazendo soar a sirene para alertar os botes da frota de pescadores.

– Esse rapaz, Cheyne, é o maior problema a bordo – disse o homem, fechando a porta com força. – Não precisamos dele aqui. É muito irritante.

Um alemão de cabelo branco estendeu a mão para pegar um sanduíche e se engasgou enquanto mordia:

– Conheço essa gente. Pululam na América. Digo sempre que deveriam permitir a importação livre de restos de couro para os cintos.

– Ah! De fato, não é um mau rapaz. Merece mais compaixão – comentou um nova-iorquino, arrastando as palavras enquanto mantinha certa indolência sobre os almofadões, pois era muito gordo. – Desde que era pequeno, mudou de um hotel para outro. Nesta manhã, estive falando com a mãe dele. É uma mulher encantadora, não crê que possa lidar com ele. Levam-no para a Europa com o intuito de concluir sua educação.

Um senhor da Filadélfia, aconchegado em seu lugar, comentou:

– Sua educação ainda não começou. Esse jovem tem duzentos dólares mensais para seus gastos. Ele me disse. Contudo, nem completou ainda dezesseis anos.

– Seu pai é dono de várias linhas de trens, não é? – perguntou o alemão.

– Sim, e minas, madeireiras e barcos. Tem uma casa em San Diego e outra em Los Angeles. Possui dúzias de linhas de trens, assim como metade dos bosques da costa do Pacífico, e deixa que a mulher gaste o dinheiro – prosseguiu em tom enfastiado o homem da Filadélfia. – Parece que o clima do Oeste não lhe faz bem. Ela passa a vida viajando com o filho e seus nervos, tratando de averiguar o que pode divertir seu herdeiro. Suponho que começa na Flórida, segue pelos Adirondacks, Lakewood, Hot Springs, Nova Iorque, e regressa outra vez. A verdade é que o jovem não parece outra coisa senão um empregado de hotel de segunda classe. Quando voltar da Europa, não haverá quem o aguente.

– Por que seu velho não se ocupa dele? – inquiriu uma voz.

– O pai trata de fazer dinheiro. Julgo que não queira que o chateiem. Dentro de poucos anos, verá seu erro. É uma pena, pois, apesar de tudo, o jovem no fundo não é mau, se alguém tivesse paciência de descobrir isso.

– Com um chicote, com um chicote! – resmungou o alemão.

A porta voltou a se abrir. Entrou ali um rapaz alto e esbelto, em cuja boca pendia um cigarro meio consumido, e se encostou na entrada da porta. A cor pálida da pele não condizia com a sua idade: seu olhar era um misto de indecisão, ousadia e acinte, sem muita capacidade intelectual. Estava vestido com um casaco vermelho e calção curto da mesma cor, sapatos para andar de bicicleta e um boné de ciclista virado para trás. Depois de assobiar entre os dentes, ao observar a companhia, disse com uma voz ruidosa e de timbre alto:

– Caramba, mas que neblina cerrada! Ouvem-se os pescadores gritando toda hora nos botes ao nosso redor. Não seria genial se afundássemos um?

– Fecha a porta, Harvey – pediu o nova-iorquino. – Fecha a porta e fica lá fora. Não precisamos de ti.

– Quem me impedirá de ficar aqui? – retorquiu com ênfase. – Por acaso pagou minha passagem, senhor Martin? Creio que tenho tanto direito de ficar quanto qualquer um.

Recolheu os dados que havia num tabuleiro e começou a jogá-los de uma mão para a outra.

– Senhores, isso é um tédio. Não poderíamos jogar uma partida?

Ninguém respondeu. Tragou o cigarro com avidez e tamborilou na mesa com dedos bastante sujos. Depois tirou um maço de notas do bolso, como se fosse contá-las.

– Como está sua mãe hoje? – perguntou um dos presentes. – Não a vi no café da manhã.

– Suponho que esteja em seu camarote. Quase sempre enjoa. Darei quinze dólares à camareira para cuidar dela. Não vou lá, apenas quando é estritamente necessário. Sinto algo estranho quando passo pelo salão de refeições. Bom, essa é a primeira vez que atravesso o Atlântico.

– Não peça desculpas, Harvey.

– Quem está pedindo desculpas? É a primeira vez que embarco e, exceto no primeiro dia, não me senti mal. Não, senhor.

Bateu na mesa com o punho, lançando um olhar triunfante ao redor, umedeceu o dedo e prosseguiu a contagem das notas.

– Bom, vê-se que é um homem de primeira classe. Isso se vê logo – disse o homem da Filadélfia com um bocejo. – Há de chegar a ser uma das personalidades deste país, se ninguém te impedir.

– Eu sei. Sou norte-americano em primeiro, segundo, terceiro e em todos os lugares. Demonstrarei quando chegarmos à

Europa. Ufa! Acabou meu cigarro. Não posso fumar essas coisas venenosas que o camareiro vende. Algum de vocês tem um cigarro turco genuíno?

Nesse momento, entrou o chefe das máquinas, louro, sorridente e encharcado.

– Ei, Mac! – gritou Harvey entusiasmado. – Vamos em que velocidade?

– Mais ou menos a mesma de sempre – retrucou sério. – Os jovens são tão corteses ao lidar com os mais velhos, e estes se esmeram sempre em apreciar essa cortesia.

Ouviu-se uma gargalhada vinda de um ponto.

O alemão abriu sua cigarreira e ofereceu a Harvey um charuto de tabaco muito escuro.

– Isto é o melhor *parra vumarr*, meu jovem amigo. *Querres* prová-lo? Você se *sentirrá* melhor que nunca – disse o alemão.

Harvey acendeu aquela coisa desagradável com um sorriso, sentindo que começava a progredir na sociedade dos adultos.

– Teria de haver algo mais forte que isso para me derrubar – comentou Harvey, ignorando o que acendia.

– Isso *ferremos* em seguida – disse o alemão. – Onde nós estamos agora, senhor Mactonal?

– Estamos mais ou menos por aqui, senhor Schaefer – interveio o engenheiro. – Chegaremos ao grande banco* esta noite, mas, falando de modo geral, nós nos encontramos já entre os barcos pesqueiros. Desde o meio-dia, atropelamos três dóris** e afundamos um barco francês, o que parece muito, caso vocês não se preocupem com outra coisa.

---

* Termo que designa os extensos planaltos submarinos, situados na Terra Nova, e que tinham entre dez e cem metros de profundidade, onde havia abundância de bacalhau. (N.T.)

** Nome dado aos botes dos veleiros de pesca de bacalhau a linha. (N.T.)

– Gosta do meu puro? – perguntou o alemão, ao ver os olhos de Harvey repletos de lágrimas.

– Bom, sabor pleno – respondeu o jovem entre dentes. – Parece que diminuímos de velocidade. Creio que vou ao convés para observar o mapa e ver a distância.

– Eu faria o mesmo se estivesse no seu lugar – disse o alemão.

Harvey se arrastou pelo convés molhado até o corrimão mais próximo. Sentia um mal-estar. Viu ali o camareiro recolhendo as espreguiçadeiras, e como se jactara diante dele por não enjoar, seu amor-próprio o induziu a se dirigir à segunda classe, na popa, que terminava como a carapaça de uma tartaruga e estava deserta. Seguiu até o extremo, onde se erguia o mastro da bandeira. Ali se contorceu numa verdadeira agonia, pois aquilo que fumara confabulava com as vibrações da hélice e parecia torturar sua alma. Sentia que a cabeça ia estourar; chispas de fogo bailavam diante de seus olhos, como se seu corpo perdesse peso e flutuasse na brisa. O enjoo lhe provocou um desmaio: o movimento do barco o lançou por cima do corrimão, sobre a construção em forma de carapaça de tartaruga. Então uma grande onda cinzenta que emergiu das sombras, digamos assim, pegou pelo braço de Harvey e o puxou para longe do barco: um grande deserto verde se fechou sobre ele, enquanto caía no sono profundo. Despertou com o som de uma corneta que lhe lembrou a que chamava para as refeições, numa colônia de férias em Adirondacks, onde passara algum tempo. Aos poucos, começou a recordar que era Harvey Cheyne e se afogara no meio do oceano, mas estava demasiado fraco para relacionar uma coisa com a outra. Um cheiro novo encheu seu olfato; sentia correr pelas costas um frio úmido, estava totalmente ensopado de água salgada. Ao abrir os olhos, compreendeu que pairava sobre o mar, que corria sob ele em colinas de prata. Jazia sobre um monte de peixe, olhando fixamente para umas costas largas, envoltas num tecido azul.

Acabou tudo pra mim, pensou o jovem. *Estou morto e esse é o responsável por me levar*.

Ele suspirou, e a figura virou a cabeça, revelando um par de pequenos anéis de ouro, semiocultos pelo cabelo crespo e negro.

– Ah! Está melhor agora? – disse. – Fica aí, navegamos melhor assim.

Com o movimento rápido dos remos, levou o dóri para um ponto sem agitação, onde se elevou até a altura de cinco metros, caindo num poço fundo e vítreo.

Mas esses esforços de alpinismo não interromperam a fala da figura de tecido azul.

– Menos mal ter pescado você, hã! Melhor ainda que o seu barco não me pescou. Como caiu?

– Estava me sentindo indisposto – respondeu Harvey –, e não pude evitar.

– Toquei minha corneta na hora certa. O barco virou um pouco. Então vi você cair. Ah! Pensei que a hélice ia fazer você em pedacinhos, mas boiou na minha direção. Foi como se eu pescasse um grande peixe. Não era pra você morrer desta vez.

– Onde estou? – perguntou Harvey, sem compreender que se salvara, permanecendo na embarcação.

– Está comigo num bote. Eu me chamo Manuel. Sou do We're Here, de Gloucester. Vivo nessa cidade. Logo ganharemos algo de comer. Hã! O quê?

Parecia que tinha as mãos e a cabeça de ferro fundidos, pois, não contente em assoprar seu instrumento, fazia-o de pé, enquanto conduzia ao mesmo tempo o bote e lançava um som terrível através da neblina. Harvey não lembrava que estava deitado, aterrorizado com a neblina densa. Dir-se-ia ouvir um canhão, uma corneta e gritos. Algo maior que o bote, mas que teria o mesmo vigor de movimentos, parou ao lado deles. Várias vozes falavam de modo simultâneo: deixaram-no cair num porão escuro, onde homens vestidos com capas lhe deram para beber algo quente, tiraram sua roupa e o deitaram. Em seguida adormeceu. Quando despertou, escutou o sino chamando para o café da manhã, estranhando que o seu camarote tivesse diminuído de tamanho. Ao virar a cabeça, viu algo como uma cova triangular e estreita, iluminada com um candeeiro que pendia de uma grande viga. Uma mesa da mesma forma, ao alcance de sua mão, prolongava-se da proa até um dos mastros.

No outro extremo daquele recinto, atrás de um velho fogão Plymouth, estava um jovem sentado, quase da sua idade, com a cara grande e corada, um par de olhos cinzentos e travessos. Vestia um jérsei azul, tinha botas longas de borracha. Havia no chão inúmeros pares do mesmo calçado, um boné velho e alguns pares de meias de lã usados.

Vários trajes impermeáveis, negros e amarelos, estavam pendurados nos cômodos. O lugar estava repleto de cheiros como um fardo de algodão. Os trajes de borracha exalavam um odor tão denso que formava uma espécie de fundo dos outros, como peixe frito, graxa, pintura, pimenta e fumaça de tabaco, ainda que todos eles estivessem encerrados num aroma de alcatrão e água salgada. Harvey observou com desgosto que sua cama não tinha mosquiteiros. Estava sobre alguma coisa formada por pedaços de tecidos sujos de colchões. Além do mais, o movimento da embarcação não era próprio de um vapor. Não deslizava nem balançava, oscilava para todos os lados de maneira confusa e sem nenhuma direção, como um potro atrelado pelo cabresto. Um rumor de água chegava aos seus ouvidos; a madeira rangia e uivava em redor dele. Todas essas coisas o fizeram suspirar de desespero, lembrando-lhe de sua mãe.

– Está se sentindo melhor? – perguntou o jovem fazendo gestos. – Quer tomar um pouco de café?

Ele levou uma caneca cheia e usou melaço para adoçar.

– Não tem leite? – perguntou Harvey, lançando um olhar ao redor das camas, como se esperasse que ali houvesse uma vaca.

– Bem... Não – disse o rapaz. – É pouco provável saborear leite até meados de setembro. O café não é ruim. Eu que fiz.

Harvey engoliu sem dizer uma palavra; depois o rapaz lhe entregou um prato cheio de pedaços de carne de porco, que Harvey devorou com sofreguidão.

– Coloquei sua roupa pra secar. Acho que encolheu um pouco – disse o rapaz. – Não é como as que usamos aqui. Levanta pra ver se tem algum ferimento.

Harvey se levantou, mas não soube dizer se tinha alguma ferida.

– Está bem – disse o rapaz de maneira cordial. – Veste a roupa e vai pro convés. Meu pai quer ver você. Eu me chamo Dan. Ajudo o cozinheiro e faço a bordo tudo o que os homens consideram ruim pra um adulto. Não tem outro grumete a bordo desde que Otto caiu pela borda. Era holandês, tinha só vinte anos. Como você conseguiu cair com aquela calmaria?

– Não estava tão calmo – disse Harvey num tom seco. – Era uma verdadeira tormenta e eu estava enjoado. Suponho que caí pela borda em que me apoiava.

– Ontem à noite o mar esteve agitado... – disse o rapaz. – Se pensa que isso era uma tormenta – exclamou com alguma surpresa –, espera terminar esta viagem. Mas te apressa. Meu pai está esperando.

Como muitos outros jovens infelizes, Harvey nunca em sua vida recebera uma ordem, jamais, pelo menos sem uma longa e às vezes lacrimosa explicação das vantagens da obediência e das razões do que se pedia. A senhora Cheyne vivia com temor perene de acovardá-lo, e talvez fosse a razão por que ela mesma estivesse sempre à beira de um ataque de nervos.

Harvey não conseguia entender por que tinha de se apressar a satisfazer aos desejos de outra pessoa, e assim se manifestou.

– Que o seu pai venha aqui, se quer falar comigo. Preciso que me leve até Nova Iorque agora. Eu pagarei.

Dan arregalou os olhos como se fossem pratos, enquanto compreendia a magnitude e ousadia daquela piada.

– Ah, pai – gritou pela escotilha –, ele diz que tem de vir aqui, se quiser falar com ele. Ouviu bem?

A resposta veio na voz mais profunda que alguma vez Harvey ouvira sair de uma garganta humana:

– Deixa de besteira, Dan, traz logo ele aqui.

Contendo o riso, Dan jogou para Harvey os sapatos de ciclista, que haviam perdido o formato. No tom daquela voz que vinha do convés havia algo que desarmava a reencontrada raiva de Harvey, consolando a si mesmo, pensando que falaria aos poucos da sua fortuna e do seu pai, durante a longa viagem até Nova Iorque. Certamente, com seu salvamento, poderia transformá-lo num herói entre seus companheiros. Subiu ao convés por uma escada vertical, abriu caminho até a popa, onde um homem de estatura mediana, costas largas e bem barbeado estava sentado num dos degraus que conduziam ao lado esquerdo da embarcação. O vento já não soprava; o mar parecia um lago de azeite, distinguindo-se no horizonte o velame de uma dúzia de embarcações de pesca. Entre elas, viam-se pequenas manchas negras, eram os botes dos pescadores.

A embarcação, com uma vela triangular no mastro principal, balançava em redor da âncora; exceto um marinheiro no castelo, que eles chamam casario, não parecia haver ninguém a bordo.

– Bons dias, melhor dizendo, boas tardes. Dormiu tudo o que o relógio marca, garoto – foi a saudação.

– Bons dias – disse Harvey.

Não gostou que o tivessem chamado de garoto. Por ter sido salvo de um afogamento, esperava mais simpatia. Sua mãe queria morrer quando via que molhava os pés, mas esse marinheiro não parecia se entusiasmar com ele.

– Vem, conte-nos a sua história. Em primeiro lugar, foi providencial para todos. Como se chama? De onde é? Alguns, com má intenção, suspeitam que de Nova Iorque. Para onde ia? Claro, acho que para a Europa.

Harvey disse seu nome, assim como o do vapor, contou a história do acidente, terminando por pedir que o levassem de imediato até Nova Iorque, onde seu pai pagaria qualquer valor que pedissem.

– Hum! – disse o homem recém-barbeado, sem se deixar impressionar pelo final do discurso de Harvey. – Não posso dizer que tenhamos uma ideia favorável de um homem, ou inclusive de um jovem, que cai de um vapor durante uma agitação simples do mar. Muitíssimo menos quando se desculpa, dizendo que estava enjoado.

– Não é nenhuma desculpa – gritou Harvey. – Pensa que vim parar neste veleiro sórdido por prazer?

– Como desconheço o gênero de diversões de que gosta, garoto, não posso dizer nada. Mas, se estivesse em seu lugar, não falaria mal do veleiro que a providência elegeu para o salvar. Antes de tudo, é um verdadeiro pecado. Em segundo lugar, isso me ofende. Sou Disko Troop, do We're Here, de Gloucester, coisa que parece ignorar.

– Não sei e não me importa – disse Harvey. – Agradeço que me tenham salvado e tudo mais, como é natural. Mas quero que entenda que, quanto mais rápido me levar para Nova Iorque, tanto melhor será recompensado.

– O que está dizendo? – perguntou Troop, levantando uma das sobrancelhas acentuadas que protegia o olhar azul, suave, mas desconfiado.

– Dólares e centavos – disse Harvey, encantado, acreditando que ia impressioná-lo em definitivo. – Pagamento à vista! – Meteu a mão num dos bolsos e puxou para fora, que era sua maneira de se mostrar magnânimo. – Teve o melhor dia de sua vida ao me tirar da água. Sou filho único de Harvey Cheyne.

– Boa sorte para ele – disse Disko, num tom seco.

– Se não sabe quem é Harvey Cheyne, ignora então muitas coisas. Bom, que mudem de rumo e se apressem.

Harvey pensava que grande parte dos Estados Unidos discutia e invejava a fortuna do seu pai.

– Pode ser que o conheça. Ou não. Calma, garoto. Tem a pança cheia da minha comida.

Harvey ouviu uma risadinha de Dan, que aparentava estar muito ocupado com uma vela, perto da popa. Ficou corado de indignação.

– Será recompensado por isso também – disse. – Quando pensa que estaremos em Nova Iorque?

– Nunca atraco no porto de Nova Iorque. Tampouco Boston. Veremos Eastern Point por volta de setembro. Em relação ao seu pai, lamento não ter ouvido falar dele; é possível que me dê dez dólares, depois de tudo o que me conta. Mas tampouco é provável que o faça.

– Dez dólares! Ouça bem, eu... – Harvey meteu a mão no bolso, procurando o maço de notas. Tudo o que tirou foram restos de cigarros, quase desfeitos pela umidade.

– Isso não é moeda de curso legal, ademais faz mal aos pulmões. Joga fora pela borda, rapaz, e ensaia outro jogo.

– Fui roubado! – gritou Harvey com profunda indignação.

– De acordo com isso, terá de esperar até encontrar seu pai para me pagar?

– Cento e trinta e oito dólares... alguém me roubou – disse Harvey, revistando os bolsos. – Que me devolvam!

Uma mudança curiosa se operou nos traços rígidos da face do velho Troop.

– Como possuía, na sua idade, 138 dólares nos bolsos, garoto?

– Era parte do dinheiro para meus gastos mensais – disse Harvey, acreditando que isso seria um golpe definitivo, o que aconteceu... de maneira inversa.

– Oh! Então 138 dólares são parte do dinheiro para os gastos mensais? Não recorda ter batido a cabeça contra algo duro? Por exemplo, contra um dos suportes da borda? O velho Hasken, do East Wind – Troop parecia estar falando só –, ao sair por uma das escotilhas, caiu de cabeça contra o mastro maior. Três semanas mais tarde, jurava e perjurava que o East Wind era um barco de guerra com patente para perseguir piratas e declarou guerra à ilha de Sable, por ser possessão do rei da Inglaterra, baseando-se no fato de que as ondas entravam mar adentro. Foi amarrado num saco de dormir, do qual só saíam os pés e a cabeça. Assim passou todo o restante da viagem. Agora está em Essex, brincando com bonecas de pano.

Harvey rangeu os dentes de raiva, enquanto Troop seguia sua peroração, como se quisesse consolá-lo:

– Sentimos muito por ti, temos muita pena. Tão jovem que és. Creio que é melhor não falarmos em dinheiro.

– Está bem claro, porque vocês me roubaram!

– Isso foi bem empregado. Nós roubamos, se isso serve de alívio. Agora, falemos da viagem de regresso. Supondo que pudéssemos fazê-la, e não podemos, não está em situação de voltar à casa; quanto a nós, acabamos de chegar ao banco para ganharmos o pão. Não vemos nem a metade de cem dólares por mês, muitíssimo menos para gastos particulares. Se tivermos sorte, estaremos outra vez em casa perto da primeira semana de setembro.

– Mas, mas... agora estamos em maio. Eu não posso ficar aqui sem fazer nada, só porque precisa pescar. Digo-lhe que isso é impossível.

– Correto e justo. Muito justo e certo. Ninguém quer que fique esse tempo sem fazer nada. Pode fazer muitas coisas, posto que Otto caiu pela borda em Le Have. Suspeito que não conseguiu se agarrar bem durante uma tormenta que nos surpreendeu por lá. De todas as maneiras, nunca voltou para contradizer. Você apareceu como que caído do céu, o que é bastante interessante para nós. Parece-me que há poucas coisas que não possa fazer. Não é assim?

– Posso fazer com que você e sua tripulação lamentem isso ao atracarem no porto – disse Harvey com certo intuito perverso, murmurando vagas referências sobre os castigos que aguardam os que se dedicam à pirataria. Perante isso, Troop quase sorriu.

– Exceto falar. Sabe como fazer. A bordo do We're Here ninguém te pede para falar mais do que tenha vontade. Abre os olhos e ajuda Dan a fazer o que ele mandar e tudo mais. Eu me comprometo a te dar, já sei que não vale, dez dólares e meio por mês, pagos no fim da viagem. Será um total de 35 dólares. Um pouco de trabalho vai te fazer espairecer a cabeça. Entretanto, pode nos contar tudo sobre seu pai, sua mãe e seu dinheiro.

– Ela está a bordo do vapor – disse Harvey, cujos olhos se encheram de lágrimas. – Leve-me em seguida até Nova Iorque.

– Pobre mulher, pobre mulher! Quando estiver de novo com ela, esquecerá tudo isso. Somos oito homens a bordo do We're Here. Se voltássemos agora, seriam mais de 1.500 quilômetros, perderíamos a temporada da pesca, a faina maior. A tripulação não aceitaria, mesmo que eu estivesse disposto a fazê-lo.

– Mas meu pai recompensará as perdas.

– Tentará, não duvido que tentará – disse Troop –, mas toda a estação da pesca é o pão de oito homens. Estará mais saudável quando reencontrar seu pai no outono. Vai para a proa e ajuda Dan. Repito o que já disse, receberá dez dólares e meio, como o restante da tripulação, no fim da viagem.

– Quer dizer que terei de limpar panelas e pratos, todas essas coisas? – perguntou Harvey.

– Isso e muito mais. Não tem direito de reclamar, garoto.

– Não vou fazer! – gritou Harvey, batendo o pé no chão com força. – Receberá do meu pai dez vezes o que vale este caixão de peixe se me levar são e salvo a Nova Iorque. Além do mais, já tem 138 dólares meus por conta.

– O quê? – perguntou Troop, cujos duros traços fisionômicos se acentuaram.

– Como? Sabe muito bem. Além do mais, quer que eu faça trabalhos servis. – Harvey se sentiu sobranceiro ao empregar o adjetivo adequado. – E até o fim da viagem, digo-lhe que não farei! Está entendendo?

Troop observou muito interessado a ponta do mastro principal, enquanto Harvey, dando voltas em redor dele, pronunciava sua ladainha.

– Silêncio! – disse por fim. – Procuro ver minha responsabilidade nesse assunto. É uma questão de sensatez.

Dan se aproximou de modo furtivo e segurou Harvey pelo cotovelo.

– Não continue provocando meu pai dessa maneira – pediu a Harvey. – Chamou-o duas ou três vezes de ladrão, e ele não é homem que aceite isso de ninguém.

– Não vou fazer! – exclamou Harvey quase aos gritos, sem se preocupar com os conselhos de Dan, enquanto Troop refletia.

– Não é uma atitude agradável – falou por fim, baixando o olhar até o local onde estava Harvey. – Não o reprovo nem um pouco, garoto, assim como vai me reprovar quando passar o seu ataque de bílis. Entende bem o que digo? Dez dólares e meio por mês como segundo grumete a bordo do veleiro, pagos no fim da estação, por te ensinar e recuperar tua saúde. Sim ou não?

– Não! – gritou Harvey. – Leve-me de volta a Nova Iorque ou demonstrarei...

Nunca recordou com exatidão o que aconteceu depois.

Estava debruçado ao lado da borda, segurando o nariz ensanguentado enquanto Troop o contemplava sereno.

– Dan – Troop disse a seu filho –, na primeira vez que vi esse garoto, não gostei nada: coisas que se devem a juízos precipitados. Nunca te deixes levar por um juízo apressado. Sinto por ele, pois vejo que está ruim da cabeça. Não é responsável pelos qualificativos que aplicou a mim, assim como suas outras afirmações, tampouco de ter se lançado pela borda, pois agora estou convencido de que ele mesmo se jogou. Seja bom com ele, Dan, darei a você o dobro do que pagarei a ele. Uns tabefes iluminam a mente. Deixa que ele mesmo tire tudo isso da cabeça!

Troop se dirigiu com certa imponência ao casario, onde descansavam ele e seus homens, deixando que Dan consolasse aquele miserável herdeiro de trinta milhões de dólares.

CAPÍTULO II

– Eu avisei – disse Dan, entre as sucessivas gotas pastosas que caíam sobre a madeira do convés, escuras e gordurosas. – Meu pai não faz as coisas de maneira estabanada, mas isso foi merecido. Então, que coisa falar assim! – Os ombros de Harvey se erguiam e baixavam num compasso, tentando abafar os soluços. – Sei como é. A primeira vez que meu pai me bateu também foi a última, durante minha primeira campanha. É como se estivesse doente e só. Eu sei.

– É assim – soluçou Harvey. – Esse homem é louco e está bêbado e... não posso fazer nada.

– Não fale isso de meu pai – sussurrou Dan. – É inimigo da bebida e... bom, ele me disse que você está louco. Com os diabos, como ocorreu chamá-lo de ladrão? É meu pai.

Harvey se levantou, limpou o nariz e contou a história do desaparecido maço de notas.

– Não estou louco – encerrou dizendo. – Só que seu pai nunca viu uma nota de cinco dólares, enquanto o meu poderia comprar um veleiro como este todas as semanas, sem perceber que gastou.

– Não sabe quanto vale o We're Here. Seu pai deve ter dinheiro aos montes. Como ganhou? Meu pai diz que os loucos não conseguem contar uma história verdadeira. Pode me contar?

– Com minas de ouro e outras coisas no Oeste.

– Li algo sobre esse gênero de negócios. No Oeste, é isso? Tem por aí um revólver e um pônei, como no circo? É o que chamam o tal Oeste selvagem. Ouvi dizer que suas esporas e selas de montar são de prata maciça.

– É um tonto – disse Harvey, a quem as observações de Dan divertiam, apesar de tudo. – Meu pai não precisa de cavalos. Quando viaja, utiliza seu próprio trem.

– Como? De cavalos?

– Um vagão privado pra ele, é claro. Acho que nunca viu um em toda vida, não?

– Slatin Beeman tem um – disse Dan, medindo as palavras com cuidado. – Vi isso em Boston. Três negros o preparavam pra viagem. – Dan queria dizer que limpavam as janelas. – Mas Slatin Beeman, o dono daquele vagão, possui quase todos os trens do estado de Long Island. Dizem também que comprou aproximadamente metade do estado de New Hampshire, que construiu uma cerca ao redor da sua propriedade e a encheu de tigres, leões, ursos, búfalos e crocodilos. Slatin Beeman é milionário. Sim, vi seu vagão, e daí?

– Meu pai é o que chamam de multimilionário. Tem seus próprios trens. Um leva o meu nome, o Harvey, e outro Constance, em homenagem à minha mãe.

– Espera – interrompeu Dan. – Meu pai me proíbe de jurar, mas acho que pode fazer isso. Antes de seguir adiante, jura que pode cair morto se não for verdade?

– Naturalmente – respondeu Harvey.

– Assim não vale. Repete: que eu morra se não for verdade.

– Que eu morra aqui mesmo se não for tudo verdade o que estou falando.

– Também sobre os 138 dólares? Ouvi você falando com meu pai, temi que fosse engolido por uma baleia como Jonas.

Harvey protestou até ficar corado. Ao seu modo, Dan era um jovem esperto; ao fim de um interrogatório de dez minutos, ficou convencido de que Harvey não mentia... pelo menos, não muito. Além do mais, ele se comprometera com o mais terrível juramento que os jovens conhecem, e estava vivo, ainda que seu nariz tivesse uma cor vermelha bem pronunciada, mantinha-se apoiado na borda, relatando maravilhas.

– Caramba! – disse Dan, com um suspiro que saiu do fundo da sua alma, enquanto Harvey acabara de fazer o inventário do trem que tinha seu nome. Então seu rosto redondo refletiu um sentimento de satisfação maligna. – Acredito em ti, Harvey. Pela primeira vez na vida, meu pai cometeu um grave erro.

– Com toda certeza – disse Harvey, pensando logo numa desforra.

– Vai ficar louco. Meu pai não gosta de se equivocar nas suas avaliações. – Dan se debruçou e esticou o músculo. – Melhor não piorar as coisas sendo teimoso, Harvey.

– Não quero que me bata mais uma vez. Ou saberei como saldar as contas com ele.

– Não conheci nenhum homem que tivesse saldado as contas com meu pai. Mas poderá te dar uma reprimenda mais uma vez, com toda certeza. Quanto maior teu erro, é mais provável que o faça. Mas isso de ouro e armas...

– Nunca falei nada sobre armas – Harvey o interrompeu, dizendo que estava obrigado pelo juramento.

– Certo, não falou nem uma palavra sobre isso. Dois trens particulares, um com o nome da tua mãe e outro com o teu. Duzentos dólares para gastos pessoais. E um golpe que o jogou na borda, por não querer trabalhar por dez dólares e meio ao mês! Foi a melhor pesca da temporada – disse Dan, dando gargalhadas.

– Então, tinha razão? – perguntou Harvey, que acreditava ter encontrado alguém que lhe tinha alguma simpatia.

– Estava errado. O maior erro de todos os erros possíveis. Você me acompanha e ganha um presente e eu outro por ficar do seu lado. Meu pai sempre me dá o dobro por ser seu filho e porque não gosta de favoritismo. Acho que vai ter uma raiva doida contra ele. Acontece comigo muitas vezes. Mas é um homem justo. Todos os tripulantes dos barcos de pesca o respeitam.

– Acha isso justo? – falou Harvey, apontando o nariz machucado.

– Isso não é nada. Deixa que o sangue tire algo da tua cabeça. Fez pelo teu bem. Por outro lado, não posso ser amigo de alguém que acredita que ele, eu ou qualquer um dos tripulantes do We're Here sejamos ladrões. De maneira alguma somos ratos do cais, somos pescadores e navegamos juntos há mais de seis anos. Não te engane nesse ponto. Disse que meu pai me proíbe de jurar. Diz que são palavras inúteis e me castiga por isso. Mas se eu pudesse repetir o que falou sobre teu pai e da sua fortuna, diria o mesmo dos seus dólares. Não sei o que tinha nos bolsos quando coloquei a tua roupa pra secar, porque não fiquei atento. Mas posso dizer, usando as mesmas palavras que acaba de dizer, que nem meu pai nem eu sabemos desse dinheiro. E éramos as únicas pessoas a bordo. Certo? O que acha?

A hemorragia nasal havia iluminado as ideias de Harvey, mas é possível que a solidão do mar tivera também algo a ver com isso.

– Tá certo – disse, baixando o olhar confuso. – Acho que, como uma pessoa a quem acabam de salvar pra não morrer afogado, não me portei como se estivesse agradecido.

– Bom, estava sob a pressão do que tinha acontecido, falou e fez besteiras – observou Dan. – De todas as maneiras, as únicas pessoas a bordo éramos meu pai e eu. O cozinheiro não conta.

– Deveria ter imaginado que perdi o dinheiro de outro jeito – disse Harvey, como se falasse para si mesmo –, em vez de chamar de ladrão a todos que estavam na frente. Onde está seu pai?

– No casario. O que vai fazer agora?

– Já vai ver – disse Harvey ao se dirigir cambaleando pelos degraus que conduziam até Troop.

Ele ainda não havia espairecido a cabeça. Deteve-se junto ao sino do barco, localizado contíguo ao timão, diante do qual se erguia o local pintado de marrom e amarelo, onde estava Troop. O homem se entretinha com um caderno de notas, portava entre as mãos um grande lápis negro, que de vez em quando levava aos lábios de maneira enérgica.

– Não me comportei bem – disse Harvey, surpreso com a própria delicadeza.

– O que se passa agora? – perguntou o capitão. – Estava com Dan?

– Não, trata-se do senhor.

– Estou aqui para escutar.

– Bem, eu... eu estou aqui pra retirar tudo o que disse – continuou Harvey, falando rapidamente. – Quando se salva um homem de morrer afogado... – as palavras quase o sufocaram.

– Hã? Vamos te tornar um homem, sim, se seguir por esse caminho.

– De maneira alguma deveria insultar as pessoas.

– Correto e justo. Justo e certo – disse Troop, enquanto seus lábios desenhavam o que se poderia considerar o espectro de um sorriso.

– Vim lhe dizer que sinto muito... – Teve de engolir a saliva outra vez.

Fazendo esforço, Troop se levantou do caixote em que estava sentado e estendeu sua mão enorme.

– Sabia que ia te fazer muito bem; isso demonstra que não estava errado nos meus juízos. – Uma gargalhada reprimida chegou até seus ouvidos. – É muito raro errar. – Aquela mão de gigante se fechou sobre o braço de Harvey, deixando-o insensível até o cotovelo. – Vai adquirir um pouco mais de fibra antes que terminemos contigo, garoto. Não penso mal de ti pelas coisas que aconteceram. Não é de todo responsável. Vê o que tem a fazer e ninguém te causará mal.

– Está pálido – disse Dan, quando Harvey voltou.

– Não me parece – respondeu Harvey, com as orelhas coradas.

– Não me referia a isso. Ouvi o que meu pai disse. Quando diz que não pensa mal sobre um homem, ele mesmo se entregou. Não gosta de errar em seus juízos. Ah! Quando meu pai forma uma ideia, era mais fácil arriar a bandeira diante dos ingleses do que mudar. Fico feliz que tenha tomado esse rumo. Meu pai tem razão quando fala que não pode te levar de volta pra casa. Ganhamos o pão aqui. Dentro de meia hora, os homens estarão de volta como tubarões atrás de uma baleia morta.

– Pra quê?

– Pra comer, claro. Seu estômago não diz que hora é? Tem muito o que aprender.

– Penso que sim – assentiu Harvey triste, olhando o cordame.

– É um primor – disse Dan entusiasmado, interpretando o olhar de Harvey de forma incorreta. – Espera até que se encha nossa vela maior para seguirmos ao porto com o carregamento completo. Mas teremos muito o que fazer – e apontou a escuridão sob a escotilha aberta entre dois mastros.

– O que é isso? Está vazio – disse Harvey.

– Tu, eu e mais alguns precisaremos enchê-lo. Aí fica o pescado.

– Vivo?

– Óbvio que não, primeiro tem de estar morto e ficar plano como uma mesa, depois é preciso salgar. Na adega, temos cem barris de sal. E nós apenas começamos.

– Onde estão os peixes?

– Dizem que no mar; nos botes, ficamos a rezar – respondeu Dan, repetindo um provérbio de pescadores. – Quando a noite chegou, veio com quarenta deles.

Apontou um espaço fechado com madeiras na borda.

– Tu e eu teremos de fazer isso quando terminar a pesca. Deus queira que os porões se encham nesta noite. Vi isso coberto com quinze centímetros de pescado, que era preciso limpar. Continuamos trabalhando até que abrimos a nós mesmos em vez de os peixes, era tanto o sono que tínhamos. Estão vindo – Dan olhou para fora, onde se distinguiam uma dúzia de botes que remavam na direção do barco, sobre aquele mar cintilante como seda.

– Nunca vi o mar tão perto – disse Harvey. – É muito bonito.

O sol estava no seu ponto mais inferior do horizonte, imprimia na água uma coloração púrpura com nuances de ouro nas cristas das grandes ondas, adquirindo tons azuis e esverdeados nos pontos mais profundos. Cada embarcação de pesca à vista parecia atrair seus próprios botes por cordões invisíveis. Em cada um deles, pequenas figuras remavam, como se fossem brinquedos movidos por um mecanismo de relojoaria.

– Parece que tiveram sorte – disse Dan, com os olhos semicerrados. – Manuel não tem mais espaço pra peixe. Parece um nenúfar boiando em águas calmas. Não é verdade?

– Quem é Manuel? Não entendo como consegue distinguir nessa distância.

– É o último dóri ao Sul. Foi ele que te encontrou – disse Dan, indicando a direção. – Manuel rema à maneira dos portugueses, é impossível confundir. À direita, está Pennsylvania, é muito melhor do que se poderia pensar, pela maneira como rema. Parece que traz carga boa. À direita, observa como rema bem, é Long Jack. Olha como tem os ombros, parece um corcunda. É de Galway, mas mora ao sul de Boston, onde vivem quase todos, como a maioria de Galway, são bons no dóri. Um pouco mais longe, ao Norte, vais ouvir ele cantar dentro de instantes, é Tom Platt. Foi marinheiro no velho Ohio, o primeiro barco de guerra da Marinha dos Estados Unidos que dobrou o cabo Horn. Não fala de outra coisa, exceto quando canta. Mas tem muita sorte pescando. Aí está! O que eu falei?

Um som melodioso soou através das águas, vindo do bote situado ao Norte. Harvey ouviu uma canção sobre os pés e as mãos frios de alguém, e depois:

Trazei-me agora os mapas, os mapas lamentáveis
Observai onde as montanhas acabam.
As nuvens em redor dos seus cumes se amontoam,
A chuva fraca em torno dos seus pés.

– Traz o dóri cheio – disse Dan sorrindo. – Começa a cantar:

Oh, capitão! Quer dizer
Que está cheio até o topo.

A voz continuou.

E agora pra ti, oh, Capitão!
Rogo encarecido pra que não me enterrem
No claustro cinza de uma igreja.

– Este é Tom Platt. Amanhã vai te falar tudo sobre o Ohio. Vê aquele dóri azul atrás dele? É o meu tio, irmão do meu pai. Se o azar anda perdido por aqui, com certeza ele vai encontrá-lo. Olha como rema tranquilo. Apostaria meu salário e a parte que me cabe das gratificações que algo o picou, e picou bem.

– O que aconteceu? – perguntou Harvey, que começava a se interessar.

– Em geral, são os morangos, outras vezes as abóboras, se não forem os limões ou os pepinos. O azar desse homem é capaz de paralisar. Agora, subiremos o dóri pra bordo. É verdade o que acaba de me dizer, que nunca tinha movido uma mão pra trabalhar em toda a vida? Deve se sentir muito mal, não é?

– Tentarei fazer algo de qualquer maneira – retrucou Harvey com certo denodo. – Mas é tudo tão novo...

– Então segura aquela roldana. Ah! Atrás de ti!

Harvey segurou uma corda e um gancho de ferro suspensos num dos esteios do mastro maior, enquanto Dan fazia girar outra que se atava a algo que ele chamava "perigalho", e que não era mais do que uma combinação de roldanas, enquanto Manuel se aproximava do veleiro. O português sorria de maneira luminosa, gesto que Harvey depois aprenderia a conhecer. Com uma forquilha curta, começou a jogar o pescado no porão.

– Duzentos e trinta e um – gritou.

– Dá o gancho pra ele – disse Dan.

Ao ouvir isso, Harvey o entregou a Manuel. Ele o fixou na popa do bote, pegou a ponta da corda que Dan lhe dera, amarrou na proa e o ergueu.

– Puxa! – gritou Dan.

E Harvey assim o fez, surpreendendo-se ao ver como era fácil levantar a pequena embarcação.

– Para! Pensa que é um pássaro que tem o ninho na encruzilhada do caminho? – disse rindo.

Harvey se deteve, pois o bote estava acima da sua cabeça.

– Mais baixo! – gritou Dan, enquanto Harvey o deixava descer com calma. Dan o inclinou com uma só mão, até que parou ao lado do mastro maior. – Não pesam quase nada quando estão vazios. Trabalhou bem pra um carona. Ainda tem muito o que aprender como marinheiro.

– Ah! – disse Manuel, estendendo a mão morena. – Está melhor agora? À noite, por essa hora, os peixes estavam te pescando. Agora, trata de pescá-los. Hã! O quê?

– Estou muito... muito agradecido – falou Harvey de forma embaraçada.

Meteu a mão no bolso, mas se lembrou de que, por desgraça, não tinha dinheiro para oferecer. Quando conheceu melhor Manuel, só a recordação do erro que cometeu fazia seu rosto mudar de cor e o deixava nervoso.

– Não há razão pra me agradecer – disse Manuel. – Como podia deixar que ficasse a boiar, percorrendo todo o banco de recifes? Agora, é um pescador. Hã! Certo?

Inclinou-se de modo rígido, para a frente e para trás, como que a se espreguiçar.

– Hoje, não limpei o dóri. Tive muitas coisas pra fazer. Danny, filho, limpa pra mim.

Harvey logo se adiantou. Aquilo era algo que poderia fazer ao homem que salvara sua vida. Dan lhe atirou uma escova, Harvey começou a limpar, com pouca destreza, mas muita vontade.

– Verifica os estribos. Tira. Correm nessas ranhuras – disse Dan. – Limpa bem e coloca de lado. Não deixa nenhum deles molhado ou sujo. Nunca se sabe quando fará falta. Aí está Long Jack.

Uma torrente de peixes prateados voou do bote para o depósito dos peixes.

– Manuel, pega a roldana. Eu me encarregarei das tábuas. Harvey está limpando o dóri de Manuel. O de Jack está acima dele.

Harvey ergueu os olhos e observou outro bote que estava bem em cima da sua cabeça.

– É como aquelas bonecas de brinquedo que se encaixam umas dentro das outras. Não achas? – perguntou Dan, enquanto arrumava os dóris.

– Ele se desenvolve como peixe na água – disse Long Jack, que era de Galway, tinha barbas grisalhas, lábios grossos e se inclinava de um lado para o outro, como fizera Manuel.

Pela escotilha, Disko gritou algo, e os outros ouviam como apertava o lápis entre os dentes.

– Cento e quarenta e nove e meio. Azar pra ti, discóbolo – disse Long Jack.

– Estou me matando pra te encher os bolsos. Foi uma pesca ruim. O português me derrotou.

Outro bote chocou contra o veleiro, e mais peixe foi parar no porão.

– Duzentos e três. Deixa ver o passageiro!

Quem falava era um homem ainda mais forte que o de Galway. Sua cara tinha um aspecto curioso, por causa de uma cicatriz que cruzava do olho esquerdo ao ângulo direito da boca.

Como não encontrava outra coisa que fazer, Harvey se dedicou a limpar todos os botes que chegavam; tirava as tábuas onde se apoiam os pés e as colocava no fundo da pequena embarcação.

– Trabalha bem – disse o homem da cicatriz, cujo nome era Tom Platt, e observava com olhar crítico a atividade de Harvey. – Há duas maneiras de fazer as coisas. Uma delas é a dos pescadores: começar pelo fim e deixar tudo meio por fazer. A outra...

– A outra é o que fizemos no velho Ohio – Dan o interrompeu, entrando no meio do grupo de pescadores com uma placa que apresentava extremidades. – Sai daqui, Tom Platt, e me deixa colocar isso no lugar.

Dan prendeu um dos extremos da placa em duas ranhuras das amuradas e se abaixou a tempo de evitar um golpe do marinheiro.

– Isso também fazíamos no Ohio. Viu, Danny? – disse Tom Platt rindo.

– Creio que não usou bem o olho, pois não chegou ao cais. Sei quem encontrará suas botas penduradas no mastro maior, se não nos deixar sós. Vai embora! Tenho mais o que fazer, não vê?

– Danny, fica o dia deitado, dormindo sobre o cordame – disse Long Jack. – És o topo da falta de vergonha, tenho certeza de que antes de uma semana terá levado nosso novo tripulante pro mau caminho.

– Ele se chama Harvey, pra que fique sabendo – contestou Dan, que segurava duas facas de formato estranho. – Então valerá a pena mais do que cinco pescadores de conchas de Boston.

Ele arrumou as facas de forma artística sobre a mesa e admirou o efeito, virando a cabeça.

– Creio que sejam 42 – disse uma voz baixa, vinda de fora da embarcação.

Ouviu-se um coro de gargalhadas, quando outra voz respondeu:

– Então, pelo menos desta vez a sorte me traiu, pois creio que sejam 45.

– Quarenta e dois ou 45. Perdi a conta – acrescentou a voz baixa lá fora.

– São Penn e o tio Salters contando seus peixes. Todos os dias acontece isso. É melhor do que ir ao circo. Olha os dois.

– Subam logo! – gritou Long Jack. – Deve estar muito úmido aí, homens.

– Disse que eram 42 – exclamou o tio Salters.

– Bom, contarei outra vez – disse a voz, humildemente.

– Paciência, oh, Jerusalém! – exclamou o tio Salters, retrocedendo. – Não posso entender o que induziu um lavrador como você a embarcar. Quase me expulsou.

– Sinto muito, senhor Salters. Embarquei devido a uma doença, uma dispepsia de origem nervosa. Você mesmo me aconselhou.

– Por que não se afogam você e a dispepsia no Abismo da Baleia? – rugiu o tio Salters, que era um homem baixo e gordo. – Continua com isso? Falou que eram 42 ou 45?

– Como há de ver, senhor Salters, esqueci. Vou contar de novo.

– Não te parece que foram 45. Tenho 45 – disse o tio Salters. – Conta direito, Penn.

Disko Troop saiu da cabine.

– Salters, entra em seguida ao pescado – disse num tom autoritário.

– Não nos deixe perder o espetáculo, pai – suplicou Dan. – Os dois começaram agora.

– Valha-me Deus! Pega com uma forquilha – gritou Long Jack, enquanto o tio Salters começava a trabalhar irritado, e o homem do outro bote fazia as contas produzindo marcas com a faca na madeira do barco.

– Isso foi o que pesquei a semana passada – disse com olhar acusador, indicando com o dedo o último sinal.

Manuel acenou a Dan, que, inclinando-se sobre a borda, amarrou um dos extremos do dóri, enquanto o português fazia o mesmo no outro lado. Os demais começaram a fazer força, levantando o pequeno barco com homem e tudo o que continha.

– Um, dois, três, quatro... nove – disse Tom Platt, contando com seu olhar de experiência. – Penn ganhou!

Dan deixou que a corda corresse no molinete, o lavrador caiu sobre a placa de madeira, no meio de uma torrente do seu próprio pescado.

– Espera! – gritou o tio Salters. – Espera, errei a conta!

Não teve tempo de continuar protestando. Puxaram-no pela borda e o jogaram no convés; fizeram o mesmo com Pennsylvania.

– Quarenta e um! – exclamou Tom Platt. – Derrotado por um lavrador! Vai, marinheiro, está feito!

– A conta não estava certa – disse, saindo do depósito de pescado. – Estou arrasado.

Suas mãos coriáceas estavam inchadas e havia nelas manchas púrpura-claras.

– Alguns encontram ferramentas ruins – disse Dan, como se falasse com a lua, que acabara de sair. – Ainda que as tenham de procurar. Pelo menos assim me parece.

– E outros – disse o tio Salters – vivem prodigamente, sem necessidade de trabalhar e enganam os que são do próprio sangue.

– Vamos sentar! Sentar! – exclamou uma voz que Harvey não ouvira a bordo.

Disko Troop, Tom Platt, Long Jack e Salters se dirigiram para a proa quando ouviram a voz. O pequeno Penn se abaixou sobre suas redes de pescar bacalhau, que estavam enredadas.

Como era grande, Manuel estava deitado num ponto do convés. Dan entrou na adega; Harvey ouvia-o martelar num dos tonéis.

– É o sal – disse ao voltar. – Quando terminarmos de comer, começaremos a salga. Tom Platt e meu pai trabalham juntos; vai ouvi-los discutirem. Nós somos o segundo grupo: tu, Manuel, Penn e eu, a juventude e a formosura a bordo.

– O que importa isso? Tenho fome.

– Dentro de um minuto terminarão de comer. Sniff, hoje está cheirando bem! Meu pai sempre embarca bons cozinheiros que aguentem seu irmão. Foi um bom dia de pesca, hã? – e apontou o depósito repleto de bacalhau até o alto. – Que profundidade conseguiu, Manuel?

A lua começara a resplandecer sobre as águas tranquilas quando os homens voltaram à popa. O cozinheiro não precisou chamar o segundo grupo. Dan e Manuel desceram pela escotilha e se sentaram à mesa, antes que Tom Platt, o último e mais parcimonioso dos velhos, acabara de limpar a boca com a mão. Harvey seguiu Penn e se sentou diante de um prato de fritura de línguas e estômagos de bacalhau, pedaços de carne de porco e batatas, uma fornada de pão quente e uma xícara de café preto e forte. Mesmo tendo muita fome aguardaram, enquanto Pennsylvania rezava. Então começaram a comer em silêncio, até que Dan tomou fôlego, antes de sorver o café, e perguntou a Harvey como se sentia.

– Bastante cheio, mas creio que ainda tenho espaço pra mais um pedaço.

O cozinheiro era um tipo enorme, negro como carvão, e que, ao contrário dos homens da sua raça que Harvey conhecera, não falava, contentando-se com sorrisos e movimentos de cabeça para incentivar os pescadores a continuar comendo.

– Vês, Harvey? – disse Dan, batendo o garfo na mesa –, é como dizia. Os homens jovens e bonitos a bordo, como tu, Manuel, Pennsy e eu, somos o segundo grupo. Comemos depois que os primeiros terminam. São peixes velhos, pequenos e encarquilhados. Por isso se servem primeiro, coisa que merecem. Não é verdade, doutor?

O cozinheiro inclinou a cabeça em sinal de assentimento.

– Sabe falar? – inquiriu Harvey em voz muito baixa.

– O bastante para as suas necessidades. Não que o ouçamos falar muito. Sua língua materna é curiosa. Veio do cabo Bretão, onde os lavradores falam uma espécie de dialeto escocês em casa. Essa região está cheia de gente de cor, cujos antepassados fugiram dos Estados Unidos durante a guerra civil. Todos falam como os lavradores de lá, uma geringonça incompreensível.

– Isso não é escocês – disse Pennsylvania. – É galês. Pelo menos assim eu li num livro.

– Penn lê muitas coisas. A maior parte do que diz é correto, exceto quando conta os peixes. Hã?

– Seu pai acredita no que dizem sobre os peixes, sem ele mesmo contar? – perguntou Harvey.

– Claro. Pra quê um homem vai mentir, por mais ou menos bacalhau?

– Uma vez um homem mentiu sobre o que havia pescado – contou Manuel. – Mentia todos os dias. Dizia sempre que tinha pescado mais cinco, dez, 25 peixes do que de fato conseguia.

– Onde aconteceu isso? – perguntou Dan. – Não era nenhum dos nossos pescadores?

– Era um francês de Anguilla.

– Sim, mas esses franceses nunca contam. É evidente que não sabem contar. Se algum dia tiver os anzóis quietos, compreenderá a razão, Harvey – disse Dan com profundo desprezo.

– Sempre mais e nunca menos, cada vez que vamos salgar – Long Jack gritou através da escotilha; ao ouvi-lo, o segundo grupo abandonou a mesa de imediato.

A sombra dos mastros e dos equipamentos de pesca, com a vela que nunca dobrava, oscilava de um lado para o outro no convés, que se movia suavemente impulsionado pelas ondas, à luz da lua. A pilha de peixe na popa parecia um jorro de prata líquida. Disko Troop e Tom Platt se moviam entre os barris de sal. Dan entregou a Harvey uma forquilha e o conduziu até o outro extremo da mesa, na qual o tio Salters tamborilava impaciente com o cabo da faca. A seus pés, havia um barril com água salgada.

– Com a forquilha curta, passa o peixe para o meu pai e Tom Platt. Tem cuidado pra que ele não tire um olho seu com a faca – advertiu Dan, entrando na pilha. – Eu passarei o sal.

Penn e Manuel estavam no porão, com o pescado até os joelhos, segurando as facas. Long Jack, com um cesto a seus pés e luvas nas mãos, estava diante do tio Salters, enquanto Harvey olhava a forquilha e o barril.

– Aí vai! – gritou Manuel.

Ele se abaixou para recolher o peixe, segurando-o com um dedo debaixo de uma das brânquias e o outro no olho. Colocou-o no extremo da mesa. A lâmina da faca brilhou, fazendo ruído como se algo fosse rasgado: o peixe, aberto da cabeça à cauda, caiu aos pés de Long Jack.

– Aí vai! – gritou, fazendo um movimento com a mão enluvada.

O fígado do bacalhau caiu no cesto. Em outro movimento, a cabeça e as entranhas do animal saíram voando; o peixe limpo seguiu até o tio Salters, que bufava com estrépito. Ouviu-se outro ruído, como se alguma coisa se rompesse: a espinha voou por cima das amuras. O peixe, sem a cabeça, limpo e achatado, caiu no barril, fazendo respingar água salgada na boca de Harvey, aberta de espanto. Depois do primeiro grito, os homens permaneceram em silêncio. O bacalhau se movia ao longo da linha como se estivesse vivo; muito antes que Harvey deixasse de admirar a habilidade manual praticada ali, o barril estava cheio.

– Joga pra mim! – alertou tio Salters, sem virar a cabeça, e Harvey começou a mandar os peixes em grupos de dois e três pela escotilha.

– Usa a forquilha. Pode jogar junto! – gritou Dan. – Não pode espalhar. O tio Salters é o melhor estivador de pesca que há em toda a frota. Olha como ele faz.

Parecia que aquele pequeno homem redondo estava empenhado em cortar folhas de uma revista, levando o tempo exato. O corpo de Manuel, um pouco inclinado, estava imóvel como se fosse uma estátua, mas seus braços fortes seguravam o peixe sem parar um instante. O pequeno Pennsylvania trabalhava com empenho, mas era fácil ver que lhe faltava a resistência física necessária. Uma ou duas vezes, Manuel teve tempo de ajudá-lo, sem interromper seu trabalho.

Outra vez o português uivou por ter prendido um anzol francês entre os dedos. São fabricados de metal maleável, para poder lhes dar forma mais de uma vez, mas ocorre amiúde que o peixe escapa com ele e fica preso depois noutro lugar. Essa é uma das muitas razões pelas quais os tripulantes dos barcos pesqueiros de Gloucester desprezam os franceses.

Na parte de baixo, na adega, o barulho que o sal produzia ao ser friccionado sobre a carne do peixe, que estava vivo poucas horas antes, parecia o zumbido de um moinho: melodia de fundo que se mesclava à das facas na mesa, do corte e da queda das cabeças e dos fígados no barril e das entranhas que voavam pela amurada, ao barulho da faca do tio Salters tirando as espinhas e do golpe surdo que produziam os peixes abertos precipitando--se no barril.

Ao fim de uma hora, Harvey daria todo ouro do mundo por um pouco de descanso; o bacalhau fresco e ensopado pesa muito mais do que se imagina. Doíam-lhe as costas por ter levantado tanto peixe. Mas, pela primeira vez na vida, sentiu que era um homem num grupo dedicado ao trabalho e se orgulhou disso, prosseguindo austero na atividade.

– Facaaa! – gritou por fim o tio Salters.

Penn se encolheu, respirando ofegante, Manuel arrumava a pilha para ter o peixe mais perto da mão, Long Jack se dobrou sobre as amuras. Em silêncio, como se fosse uma sombra, surgiu o cozinheiro. Ele recolheu um monte de espinhas e cabeças e se foi.

– Rabos e cabeças pro café da manhã – disse Long Jack, lambendo os lábios.

– Facaaa! – repetiu tio Salters, brandindo a ferramenta plana que utilizam os que estripam o peixe.

– Olha teus pés, Harvey – gritou Dan.

Harvey viu meia dúzia de facas dispostas numa peça de madeira perto da escotilha. Repartiu-as entre os pescadores, trocando-as pelas que haviam perdido o gume.

– Água! – gritou Disko Troop.

– O tonel está na proa, e o jarro, ao lado. Rápido, Harvey! – exclamou Dan.

Harvey voltou em seguida com o jarrão cheio de um líquido marrom que os homens degustaram como se fosse néctar e afrouxou o queixo de Disko e de Tom Platt.

– Isto é bacalhau – disse Disko. – Não são figos de damasco nem lingotes de prata. Disse sempre que havíamos de navegar juntos.

– E foram seis ou sete vezes – respondeu Platt em tom seco. – Uma boa faina é uma faina, seja como for; há uma maneira certa e outra errada de fazer. Se tivesse visto quatrocentas toneladas de ferro colocadas em...

– Ei! – gritou Manuel, retomando o trabalho sem parar, até que o depósito provisório ficou completamente vazio.

Quando o último peixe caiu pela escotilha, Disko se retirou com seu irmão. Manuel e Long Jack seguiram para a proa, e Tom Platt se deteve apenas o tempo suficiente para fechar a escotilha. Meio minuto mais tarde, Harvey ouviu roncos intensos, enquanto observava Dan e Penn com um ar distante.

– Desta vez foi um pouco melhor, Danny – disse Penn, cujas pálpebras se fechavam em sono pesado. – Mas suponho que meu dever seja ajudar a limpar.

– Não aceitaria por nada deste mundo – disse Dan. – Vai dormir, Penn. Não tem de fazer o trabalho dos grumetes. Harvey, traz um balde de água. Penn, leva esses fígados pro barril onde os guardamos, antes de ir dormir. Consegue se manter acordado o tempo suficiente? Hã?

Penn levou o cesto pesado com os fígados de peixe e os lançou num barril com tampa articulada que havia junto ao castelo da proa, em seguida desapareceu no camarote.

Os grumetes têm de limpar depois da salga e, além disso, são responsáveis pela primeira sentinela no We're Here, se o tempo estiver bom.

Dan lavou a mesa com força, desmontou-a e deixou-a secando; depois limpou com uma estopa as facas sujas de sangue e as amolou num pequeno afiador. Harvey, seguindo as instruções de Dan, jogava as espinhas e tripas pela borda.

Quando caíram na água, um espectro de cor prateada se elevou em furor sobre as águas engorduradas, produzindo um efeito terrível. Harvey recuou gritando, mas Dan se limitou a rir.

– Orcas – explicou – pedindo cabeças de peixe. Saltam dessa maneira quando têm fome. Seu hálito fede como uma tumba. Não é?

O ar ficou repleto de um fedor horrível de peixe podre quando aquele fantasma afundou, produzindo borbulhas na água que pareciam óleo.

– Nunca tinha visto esses bichos? Vai ver centenas antes que a viagem termine. Ouve, é bom ter um jovem de novo a bordo, Otto era muito velho e holandês. Brigávamos todo dia. Não me preocuparia com ele se falasse uma língua de cristão. Tem sono?

– Estou morto de sono – disse Harvey, dobrando-se para a frente.

– Não pode dormir quando está de guarda. Levanta e verifica se as luzes de navegação estão acesas. Está de guarda agora, Harvey.

– Ah! O que pode acontecer? A noite está bem clara. Zzzzz.

– Meu pai diz que é quando acontecem coisas imprevistas. O bom tempo leva ao sono, e antes que dê conta, um transatlântico te corta em dois. Depois, dezessete cavalheiros com botões de bronze no uniforme levantam a mão pra jurar que as luzes estavam apagadas e que havia uma névoa muito cerrada. Harvey, se adormecer mais uma vez, vou acordar você com uma corda.

A lua, que revela coisas raras nos bancos, iluminou um jovem esbelto, de roupa vermelha, que cambaleava ao correr pelo alto convés do veleiro de setenta toneladas, enquanto outro jovem corria atrás dele, como se fosse um algoz brandindo uma corda em que fizera vários nós, bocejando e caindo de sono.

O timão fez um ruído suave, a vela maior se moveu um pouco balançada pela brisa branda; aquela miserável procissão continuou. Harvey protestou, ameaçou, suplicou e, afinal, começou a chorar. Dan, cujas palavras travavam na língua, falou da beleza do dever cumprido enquanto manuseava a corda, dando tantos golpes nos botes como em Harvey.

Por fim, o relógio de bordo bateu dez da manhã. Quando soou a última chamada, Penn subiu até o convés. Encontrou dois jovens caídos um sobre o outro, ao lado da escotilha principal, num sono tão profundo que teve de levá-los ele mesmo aos seus respectivos leitos.

CAPÍTULO III

O SONO FOI DAQUELES que aclaram a mente, os olhos e o coração. Após o qual alguém se levanta com a ânsia desvairada de comer. Esvaziaram céleres um grande prato de metal cheio de peixe, que o cozinheiro guardara da noite anterior. Limparam os pratos e as canecas dos comensais do primeiro grupo, que já haviam saído para pescar, cortaram carne de porco destinada ao almoço do meio-dia, lavaram o convés, encheram os candeeiros com a sua provisão de combustível, entregaram na cozinha a água e o carvão e arrumaram a despensa na qual guardavam as provisões. Fazia um tempo esplêndido, límpido e agradável. Harvey respirou a plenos pulmões aquele ar reconfortante.

Durante a noite, aproximaram-se outros veleiros. O amplo mar azul estava apinhado de velas e botes. No horizonte, a fumaça distante de algum transatlântico, cujo casco era invisível, manchava o azul profundo; a Leste, as vergas de um grande veleiro criaram um quadrado branco sobre ele. Disko Troop estava fumando no convés, enquanto com um olho observava outros barcos que se encontravam ao redor, com o outro olhava a pequena flâmula disposta no extremo superior do mastro maior.

– Quando o pai fica refletindo dessa maneira – disse Dan, em voz baixa –, está pensando por toda a tripulação. Apostaria meu salário e a parte que me cabe que logo vamos ancorar em algum banco de recifes. Meu pai conhece o bacalhau e sabe onde o encontrar, a frota também está ciente disso. Vês como se aproximam um a um, como se não buscassem nada em especial, mas nos espionando? Ali está o Prince Leboo, de Chatham, desde ontem à noite se aproxima furtivo. Vês aquele outro que tem um remendo na vela maior? É o Carrie Pitman, do Oeste de Chatham. Não creio que mantenha as velas por muito tempo, a menos que tenha melhor sorte do que durante a temporada anterior. Não faz muita coisa, senão se deixar levar pela corrente. Com esse veleiro, não tem âncora que aguente. Quando meu pai fuma e deixa escapar a fumaça em espirais, como faz agora, é porque está estudando o bacalhau. Se falarmos com ele, ficará furioso. A última vez que fiz isso, jogou uma bota na minha cabeça.

Disko Troop olhava para a frente, o cachimbo entre os lábios, sem ver nada. Como havia dito seu filho, estudava o bacalhau, equilibrando os hábitos migratórios da espécie com seu conhecimento e a experiência do grande banco. Aceitava a presença de outros veleiros como cortesia da sua capacidade. Considerava a homenagem suficiente, queria se distanciar e lançar âncora onde estivesse mesmo só, até que fosse hora de se dirigir à Virgem e pescar nos estreitos daquela cidade flutuante.

Disko Troop passou em revista o tempo que havia feito nos últimos dias, as tormentas, as correntes, a provisão de alimentos e outras questões domésticas, do ponto de vista de um bacalhau de dez quilos. De fato, durante quase uma hora, foi um verdadeiro bacalhau, com o aspecto de um desses peixes. Depois tirou o cachimbo da boca.

– Pai – disse Dan –, terminamos nosso trabalho. Podemos sair no dóri? O tempo parece bom pra pescar.

– Mas que ele não vá com essa roupa espalhafatosa ou com esses sapatos que têm uma cor de pão mal-assado. Dê-lhe uma roupa apropriada.

– O pai está de bom humor. Assim tudo fica arrumado – disse Dan com certo encanto, arrastando Harvey, enquanto Troop escolhia uma chave. – Meu pai guarda minhas roupas onde possa controlar, pois minha mãe acredita que eu não cuido delas.

Dan revolveu o armário. Em menos de três minutos, Harvey estava vestido com botas longas de borracha, que cobriam os músculos, um jérsei azul muito grosso, cerzido nos cotovelos, e um jaleco impermeável.

– Agora, sim, parece um pescador – disse Dan. – Depressa!

– Fica perto, não te afaste muito – advertiu Troop –, e procura não visitar toda a frota. Se alguém perguntar o que penso fazer, diz a verdade, pois não sabes.

Na popa do veleiro, havia um bote vermelho e pequeno, com uma inscrição: Hattie S. Dan desatou as amarras e o baixou com cuidado, enquanto Harvey entrava de maneira bastante desengonçada.

– Esse não é o modo de entrar num dóri – disse Dan. – Se houvesse um pouco de onda, certeza que caía de cabeça no fundo. Precisa aprender a fazer isso.

Dan colocou os toletes, sentou-se no banco dianteiro e ficou observando como Harvey procedia. Ele remava no estilo das mulheres dos lagos Adirondacks, mas tinha uma diferença fundamental entre as embarcações que utilizou ali, em especial aquelas destinadas ao esporte e à atividade que agora exigia. Não se moviam do lugar, e Harvey resmungava.

– Curta! A remada tem de ser mais curta – instruiu Dan. – Se o remo encalhar, vamos virar. Não é uma maravilha?

O bote estava escrupulosamente limpo. Tinha uma âncora pequena, dois depósitos de água e umas setenta braças de linha de pesca muito fina. Sob o banco de Harvey, havia uma corneta de metal, um malho de aspecto desagradável, um arpão e um bastão pequeno de madeira. Havia ainda um par de rolos de fio com prumos muito pesados e anzóis duplos para bacalhau arrumados num lado do barco.

– Onde está a vela do mastro? – perguntou Harvey, em cujas mãos começavam a despontar calos.

Dan riu.

– Os dóris de pesca não têm velas. É preciso remar, mesmo que não use tanta força. Não queria que fosse seu?

– Penso que meu pai poderia me dar um ou dois se pedisse – respondeu Harvey.

Até aquele momento, tinha estado demasiado ocupado para se lembrar da família.

– Claro. Esqueci que seu pai é milionário. Embora não te comportes agora como se fosse rico. Porém um dóri e tudo mais – Dan falava como se fosse uma baleeira – custa muito dinheiro. Acha que seu pai aceitaria te emprestar como se fosse um brinquedo?

– Não era de estranhar. Seria quase a única coisa que não lhe pedi até hoje.

– Pois, deve ser um filho muito caro pra manter. Não usa o remo assim. O movimento precisa ser mais curto, o mar nunca está em total tranquilidade, pode lançar o remo de volta...

Powh! A ponta do cabo do remo golpeou Harvey sob o queixo, jogando-o para trás.

– Era isso o que estava dizendo. Tive de aprender, com a diferença de que foi aos oito anos que me deram as primeiras lições.

Harvey voltou a ocupar seu lugar, com o queixo dolorido e um gesto como se estivesse bastante ofendido.

– Meu pai disse que não vale a pena se chatear com essas coisas. Segundo ele, é nossa culpa se não sabemos manejá-los direito. Vamos ficar por aqui. Manuel vai indicar a profundidade. O português estava a uma milha de distância, mas ergueu três vezes a mão quando Dan levantou um dos remos na vertical.

– Trinta braças – disse Dan, enquanto olhava uma concha marinha no anzol. – Coloca como eu, Harvey, e não vai te emaranhar na linha de pesca.

A de Dan estava havia tempos na água, antes que Harvey aprendesse a pôr a isca e lançar o chumbo. O bote singrava suave à deriva. Não valia a pena ancorá-lo enquanto não estivessem seguros de estar sobre uma região de pesca abundante.

– Aí vai! – gritou Dan, e caía sobre Harvey um dilúvio de gotas provocadas pelos movimentos desordenados de um enorme bacalhau. – O pau! Está aí, Harvey, embaixo do seu nariz! Rápido!

Como é óbvio, ao mencionar o pau, Dan não se referia à corneta, pelo que Harvey entregou o objeto a Dan. Seu companheiro atordoou logo o peixe, após um golpe dado de forma precisa com o bastão, que ele chamava "pau de marinheiro", e extraiu o anzol. Em seguida, Harvey notou um estirão na linha e começou a recolhê-la laboriosamente.

– Mas o que é isso! São morangos! – exclamou. – Olhe!

O anzol tinha se prendido a um ramo de morangos do mar, vermelhos de um lado e brancos do outro, perfeitas reproduções do fruto da terra, só que não tinham folhas, e o talo estava coberto de lodo.

– Não toca neles! Tira! Não...

A advertência chegou tarde. Harvey já os tinha separado do anzol e olhava-os. – Ahh! – gritou, pois seus dedos ardiam, como se tivesse tocado em espinhos.

– Agora já sabe o que significa quando dizemos que o fundo está cheio de morangos. Meu pai diz que, exceto o peixe, nada deve ser tocado com as mãos nuas. Sacode e joga pela borda, põe outra isca. Não adianta nada olhar as mãos. Tudo isso está incluído na jornada.

Harvey sorriu ao se lembrar dos seus dez dólares e meio por mês e perguntou a si mesmo o que diria sua mãe se pudesse vê-lo debruçado sobre a borda de um bote de pesca, no meio do Atlântico.

Lembrou que a boa senhora sentia uma verdadeira agonia cada vez que ele saía para remar no lago Saranac, percebeu então que ele mesmo sorriria da sua ansiedade.

De repente, a linha de pesca pareceu escapar de suas mãos, arrancando os círculos de lã que, como era suposto, deviam detê-la.

– Deve pesar muito. Solta linha, conforme pedir – gritou Dan. – Eu te ajudo.

– Não precisa – disse Harvey, enquanto tentava segurar a linha para não escapar. – É o primeiro que pesco... Será uma baleia?

– Talvez um halibute. – Dan observou a água e pegou o bastão brilhante, pronto para qualquer eventualidade. Através das águas verdes se distinguia algo branco, de formato oval. – Apostaria minha jornada e a parte das gratificações que deve pesar mais de cem. Tem coragem pra tirar ele daí sozinho?

As mãos de Harvey sangravam pelos pontos onde batera contra a borda; tinha a cara de um azul púrpura, mescla de excitação e cansaço; o suor caía em gotas grossas e quase não o deixavam ver as ondas brilhantes que se formavam em redor da linha. Os jovens cansaram, antes de pescar de vez aquele halibute, que por vinte minutos dominou o bote deles. Mas, por fim, conseguiram trazê-lo para a embarcação.

– Sorte de principiante – disse Dan, enxugando o suor da testa. – Pesa cem libras.

Harvey olhou aquele exemplar marinho de cor cinzenta com uma altivez inexprimível. Muitas vezes vira esse peixe em exposições, nas cidades, mas nunca se preocupara em verificar como chegara lá. Agora sabia: todos os nervos do seu corpo doíam de cansaço.

– Se meu pai estivesse aqui – disse Dan, enquanto recolhia a linha –, diria o que isso significa. Os peixes são cada vez mais pequenos, e pescou o maior halibute que poderíamos encontrar nesta viagem. Percebeu que a pesca de ontem foi só de bacalhaus grandes, mas nenhum destes bichos? Se meu pai estivesse aqui, poderia te explicar a razão. Ele diz que tudo tem um motivo no banco de recifes e que se pode interpretar como algo bom ou mau. Meu pai conhece bastante essas águas.

Enquanto falava, alguém do We're Here disparou uma pistola e pendurou um saco de batatas na verga da vela mais próxima da proa.

– O que te disse? Está chamando toda a tripulação. Meu pai deve ter pensado em alguma coisa, não interromperia a pesca nessa hora do dia. Recolhe as linhas, Harvey. Devemos remar de volta.

O vento lhes favorecia sobre o mar tranquilo quando, a uma milha de distância, soaram gritos de socorro, vindos do local onde estava Penn, cujo bote girava em redor de um ponto fixo, como se fosse um gigantesco percevejo aquático. O homem se levantava e baixava com energia singular, mas, após cada manobra, girava e voltava à posição anterior.

– Precisamos ajudá-lo. Do contrário, é capaz de lançar raízes aqui – disse Dan.

– O que aconteceu? – perguntou Harvey.

Para ele, era um mundo novo em que não podia impor suas normas aos mais experientes, apenas perguntar com humildade. Além do mais, o mar era de uma terrível grandeza e monotonia.

– A âncora dele se enganchou. Penn sempre a perde. Nesta viagem, já perdeu duas, e isso no fundo de areia. Meu pai disse que, se perder novamente, vai lhe dar uma pedra. Isso seria um desgosto tremendo pro Penn.

– O que é "dar uma pedra"? – quis saber Harvey, que tinha a vaga ideia, lida em algum romance, de que devia ser um castigo antigo, como fazer o marinheiro passar por debaixo da quilha.

– É uma pedra grande que se utiliza no lugar da âncora. Como é óbvio, torna-se possível ver sempre se o dóri tem uma pedra em vez da âncora. Toda frota sabe o que isso significa. Ele ficaria bem incomodado. Para Penn, isso soaria como um cão em que atam uma lata na cauda. É tão sensível... Olá, Penn! Ela prendeu outra vez? Não faça nada. Te aproxima e mantém a cana de pesca direita.

– Não se mexe – disse o homem. – Não se move de maneira nenhuma, apesar de já ter tentado tudo.

– O que é isso que tens na proa? – perguntou Dan, indicando algo formado por remos e linha de pescar, tudo unido por uma mão incapaz.

– Oh! Isso? – disse Penn, muito feliz consigo mesmo. – É um cabrestante como os que os marinheiros espanhóis usam. O senhor Salters me ensinou a fazer um, mas nem mesmo isso conseguiu mover o dóri.

Dan se inclinou sobre a borda para esconder o sorriso; puxou uma ou duas vezes a cana, e a âncora começou logo a produzir o efeito desejado.

– Puxa, Penn – disse rindo –, ou vai se prender de novo.

Entretanto, eles se afastaram, enquanto Penn examinava, com seus grandes olhos azuis e atentos, a âncora coberta de algas. Uma expressão patética partia do seu olhar, enquanto ele se desfazia em frases de agradecimento.

– Agora que resolvemos, Harvey – disse Dan, quando se distanciaram o bastante para que Penn não os ouvisse –, esse homem não está louco de todo. Não é perigoso, embora seu cérebro tenha se enfraquecido. Entendeu?

– Isso está certo ou é algum dos juízos do seu pai? – perguntou Harvey, abaixando-se para pegar os remos. Compreendia que começava a aprender a manejá-los com facilidade.

– Dessa vez meu pai não errou. É verdade que Penn está louco. Bom, não é bem assim, eu diria que é uma mania inofensiva. Trata-se do seguinte... Está remando bastante bem, Harvey... Vou te dizer, pois tem direito de saber. Segundo conta meu pai, noutra época, era pastor da seita dos Morávios e se chamava Jacob Boller. Vivia com sua mulher e quatro filhos, em algum lugar da Pennsylvania. Um dia, foi com toda a família, é provável que num acampamento ao ar livre, a uma reunião religiosa e passaram a noite em Johnstown. O que te diz esse nome?

Harvey refletiu um instante.

– Sim, creio que sim. Não sei o quê, mas me lembra algo como Ashtabula.

– Nos dois locais sucederam catástrofes, por isso lembra algo. Na noite em que Penn e sua família ficaram no hotel, em Johnstown, a cidade foi arrasada. Um dique se rompeu, e toda a cidade foi inundada. As casas se chocavam umas com as outras e afundavam. Vi as ilustrações que publicaram nos jornais, são apavorantes. Penn assistiu à sua família se afogar antes que pudesse entender o que acontecia. Naquele momento, seu cérebro escureceu. Acredita que houve algo com ele em Johnstown, mas, pela salvação da sua alma, não consegue recordar o quê. Agora vagabundeia por aí sorrindo e se admirando de tudo. Não sabia quem era ou o que fazia. Assim, tropeçou com tio Salters, que se encontrava de visita à cidade de Allegheny. A metade da família de minha mãe está espalhada pela Pennsylvania. O tio Salters só vai lá no inverno. O tio Salters meio que adotou o Penn, mesmo sabendo o que estava acontecendo, ele o trouxe para o Leste e lhe deu trabalho em sua fazenda.

– Como é que é? Ouvi outro dia seu tio chamar o Penn de lavrador, quando dois dóris chocaram. O tio Salters também era?

– Lavrador! – exclamou Dan. – Não há água suficiente entre o ponto em que nos encontramos e o cabo Hatteras pra lavar o barro das suas botas. É o eterno lavrador. Eu o vi tirar água do mar quando estava anoitecendo e começar a brincar com a torneira do balde como se fosse a teta de uma vaca. Vê como será sempre um lavrador... Ele e Penn faziam todo o trabalho da fazenda, que ficava perto de Exeter. Nesta primavera, o tio Salters vendeu pra um louco de Boston que queria construir uma casa de verão e lhe deu um monte de dinheiro. Os dois malucos se dedicaram a perambular pela região, até que a igreja dos Morávios, à qual Penn pertenceu, soube onde ele estava e escreveu ao tio Salters. Nunca entendi bem o que queriam, mas o certo é que o tio ficou irritado. Creio que ele pertence à igreja episcopal, mas os consideraram batistas. Ele disse que não entregaria Penn a uma maldita congregação morávia da Pennsylvania ou de qualquer outra parte. Foi então até a casa de meu pai, arrastando Penn (isso aconteceu há dois anos), dizendo que precisava se dedicar à pesca por razões de saúde. Ele pensou que os morávios não viriam ao barco buscar seu irmão perdido. Meu pai concordou, pois o tio foi pescador por mais de trinta anos, exceto na época em que se dedicou a inventar patentes de fertilizantes. Entrou com a quarta parte do dinheiro necessário para a viagem. Fez tão bem a Penn que meu pai se acostumou a levá-lo. Meu pai diz que um dia vai se recordar da mulher, dos filhos e de Johnstown, e que então morrerá. Não fale sobre essa cidade ou essas coisas a Penn, o tio Salters é capaz de te jogar fora pela borda.

– Pobre Penn! – lamentou Harvey. – Vendo como discutem, não me ocorreu que o tio Salters cuidasse dele.

– Eu também estimo muito Penn; faz bem a todos nós – disse Dan. – Devíamos rebocá-lo, mas antes queria te contar tudo isso.

Agora estavam muito perto da escuna, os outros botes permaneceram um pouco mais atrás.

– Não é preciso subir os dóris até depois da comida. Começaremos a salga em seguida. Arrumem a mesa, rapazes!

– Mais fundo que o Abismo da Baleia – disse Dan, enquanto preparava as coisas para salgar. – Olha a quantidade de embarcações que se aproximaram desde essa manhã. Todos aguardam pra ver a direção que meu pai vai seguir. Tá vendo, Harvey?

– A mim, parecem todos iguais.

Certamente, para um rato da terra as escunas que balançavam em redor pareciam todas feitas pelo mesmo patrão.

– Mas não são. Aquele empoeirado, com gurupés alto, é o Hope of Prague. Seu capitão é Nick Brady, o homem mais canalha de todo o banco de recifes. Digamos assim, enquanto chegamos a Main Ledge. Um pouco mais além, está Day's Eye. Pertence aos Jeraulds, é de Hanvich. Têm muita sorte. Segundo meu pai, conseguem tirar pesca até de um cemitério. Aqueles outros dois são o Margie Smith, Rose e Edith S. Walen, todos do mesmo porto que o nosso. Amanhã veremos Abbie M. Deering, não é verdade pai? Todos estão deixando os bancos de Queereau e se dirigem pra cá.

– Não veremos muitas embarcações amanhã, Danny. – Quando Troop o chamava assim, era porque estava satisfeito. – Estamos muito apertados – disse, dirigindo-se à tripulação, quando estavam todos a bordo. – Deixaremos que coloquem muita isca e pesquem pouco.

Olhou o porão; era curioso observar a pouca altura que alcançara naquele dia de pesca. Excetuando o halibute de Harvey, nada passava de cinquenta libras.

– Espero que o tempo mude – acrescentou.

– Pois é você que vai ter de o mudar, Disko; não vejo nada que me faça pensar numa variação – disse Long Jack, percorrendo o horizonte com o olhar.

Contudo, uma hora e meia mais tarde, quando estavam ocupados com a salga, a neblina caiu sobre eles, "entre peixe e peixe", como é costume dizer. Ela se aproximava contínua, em turbilhão, dando voltas e se espalhando em vapores sobre a água incolor. Os pescadores deixaram de salgar sem dizer uma palavra. Long Jack e o tio Salters soltaram a âncora, o cabrestante fazendo barulho se enrolava à corda de cânhamo. Por fim, tiveram de ajudar também Manuel e Tom Platt. A âncora fez um barulho como uma queixa e parou no seu lugar. A vela maior se enfunou quando Troop a puxou.

– Virar a vela principal e o traquete – ordenou o capitão.

– Pode soltar! – gritou Long Jack, enquanto cuidava da vela principal.

Os outros desprendiam a virola do traquete, que fazia um barulho vivo como de cascavéis. A madeira da maior chiou, quando o We're Here se posicionou em direção favorável ao vento e a proa cortou a espuma branca.

– Atrás da neblina vem o vento – disse Troop.

Tudo era maravilhoso para Harvey. Mas o que ultrapassava a capacidade da sua imaginação é que não se ouvia nenhuma ordem, senão um grunhido de Troop de vez em quando, que terminava com "Isso está muito bom, meu filho!".

– Nunca tinha visto levantar uma âncora? – perguntou Tom Platt a Harvey, que olhava boquiaberto o tecido molhado do traquete.

– Não, aonde vamos?

– Atrás do peixe e lançar âncora onde ele abundar, como vai ver em breve, antes de completar uma semana a bordo. Agora tudo é novo pra ti, mas a verdade é que nós nunca sabemos o que vamos encontrar. Por exemplo, olha pra mim, Tom Platt. Nunca me ocorreu...

– É muito melhor do que quatorze dólares por mês e uma bala no bucho – disse Troop do timão. – Não te faças de importante.

– É melhor contar os dólares e os centavos – retrucou o marinheiro. – Mas não pensávamos nele quando manejávamos os cabrestantes de Miss Jim Buck, fora do cais de Beauside, o Forte Maçon atirando com seus canhões pela popa e uma tormenta desfeita mar afora. Onde estava então, Disko?

– Por aqui, ou pelos arredores – respondeu Disko –, ganhando o pão e me esquivando dos barcos piratas. Sinto muito não imaginar como entrou nesses transes, Platt. Suponho que vamos sair bem, teremos o vento de que precisamos e veremos outra vez Eastern Point.

Da proa vinha um ruído incessante de palmas e falatório que se misturava com o martelar dos jatos de espuma sobre o castelo da proa. Caíam gotas pegajosas dos aparelhos; os tripulantes percorriam a parte do convés que estava sob o vento, exceto tio Salters que, na escotilha principal, tratava das mãos repletas de picadas.

– Acho que é preciso abrir mais velame – disse Disko, lançando um olhar ao seu irmão.

– Creio que não adiantaria nada. Pra quê? – respondeu o lavrador-marinheiro.

O timão girou de forma imperceptível entre as mãos de Disko. Segundos depois, uma onda açoitou a embarcação pela transversal, caiu sobre tio Salters e o molhou dos pés à cabeça. Ele se levantou sacudindo a água e foi para a proa, conseguindo apenas que outra onda o alcançasse.

– Meu pai o faz percorrer assim todo o convés – disse Dan. – Tio Salters acredita que a parte que tem no negócio são as velas e por isso cuida delas. Já vão duas viagens que meu pai faz o mesmo. Ele que corra! Só se sentem as coisas quando doem!

O tio Salters se refugiara perto do mastro do traquete, mas, mesmo ali, outra onda o pegou pelo joelho. A cara de Disko era tão inocente como o círculo da roda do timão.

– Creio que se moverá com mais facilidade se fizermos como te disse, Salters – falou Disko, como se não tivesse visto nada.

– Coloca tua vela voadora – rugiu a vítima, através de um jorro de finas gotas de água. – A única coisa que quero é que não me lance a culpa se acontecer algo. Penn, desce e vai tomar café. Deveria ter mais cuidado e não andar pelo convés com este tempo.

– Agora vão tomar café e jogar damas até o dia do Juízo – disse Dan, enquanto tio Salters acompanhava Penn. – Eu me pergunto se estaremos assim por muito tempo. Não há nada no mundo mais ocioso do que uma tripulação que fica sem pescar.

– Estou feliz que fale isso, Danny – gritou Long Jack, que estava dando voltas buscando algo com que se distrair. – Eu me esquecia por completo de que temos um passageiro a bordo. Não é justo que fique sem fazer nada, ele que não conhece todas as partes do veleiro. Chama ele, Tom Platt, ensinaremos o que precisa saber.

– Desta vez não é minha obrigação – rosnou Dan. – Terá de se arrumar sozinho. Meu pai me ensinou com uma corda na mão.

Durante uma hora, Long Jack fez a sua vítima percorrer toda a embarcação, de um extremo a outro, ensinando-lhe as coisas que “todo homem a bordo deve saber, seja cego, esteja bêbado ou dormindo”.

O velame de uma embarcação de sessenta toneladas com um mastro de traquete não é coisa muito complicada, mas Long Jack tinha o dom de se expressar. Quando queria chamar a atenção de Harvey sobre as adriças, segurava a nuca do jovem e concentrava sua atenção sobre elas por meio minuto. Insistiu na diferença entre a popa e a proa, esfregando o nariz de Harvey no gurupés. O extremo de cada verga ficou fixado na cabeça de Harvey, mediante a ponta da corda que Long Jack não soltava das mãos. A lição teria sido mais fácil se o convés estivesse livre, mas parecia que ali havia lugar para toda e qualquer coisa, exceto uma pessoa. Na proa ficava o cabrestante com sua alavanca e as cordas de cânhamo, obstáculos muito desagradáveis para saltar sobre eles. Próximo da escotilha, situavam-se a chaminé do fogão e os depósitos, onde se acondicionavam os fígados de bacalhau. Mas, além destes, sobre a popa, estava a escotilha principal ocupando todo o espaço que não era só para as bombas e as mesas de salga. Depois vinham os botes, o casario e o gurupés principal de uns vinte metros, com suas forquilhas, que dividia tudo na longitudinal, debaixo do qual havia que passar e era preciso se agachar.

Como é natural, Tom Platt não evitou se intrometer: seguiu a procissão, dando longas e indispensáveis descrições das velas e das vergas do Ohio.

– Não te preocupes com o que disse. Apenas me escuta, inocente. Tom Platt, esta casca de noz não é o Ohio. A única coisa que faz é confundir o garoto.

– Será um ignorante toda a vida se começar a ensinar assim – falou Tom Platt. – Precisa lhe dar a oportunidade de conhecer alguns princípios gerais. Vai ver, Harvey, a navegação a vela é uma arte que eu ensinaria se estivéssemos agora no cesto da gávea do traquete do...

– Eu sei. Ias falar até que o pobre morresse. Silêncio, Tom Platt! Depois de tudo o que te falei, Harvey, como se iça o traquete? Pensa antes de responder.

– Pegaria isso – respondeu Harvey, indicando o sotavento.

– O que é isso? Pela direção que indica deve ser o Atlântico Norte.

– Não, é o gurupés. Então agarro aquela corda, que me mostrou ali atrás...

– Não é essa a maneira de fazer – advertiu Tom Platt.

– Silêncio! O rapaz está aprendendo, ainda não conhece bem os nomes. Continua, Harvey.

– Claro, é o rizo, o cabo branco! Fixaria o cabo na roldana e em seguida baixaria...

– Baixa a vela, rapaz! Mais baixo! – exclamou Tom Platt, cujo instinto profissional sofria um genuíno martírio.

– Arriar as adriças superiores – prosseguiu Harvey. Os nomes tinham ficado gravados na memória.

– Põe a mão em cima – disse Long Jack.

Harvey obedeceu.

– Desceria até aquele nó na garra, não, ele se chama garruncho e se fixa sobre o gurupés. Então amarraria como me disse e levantaria de novo as adriças.

– Esqueceu os anéis da amura, mas com o tempo vai aprender. Existe uma razão pra cada verga que o barco tem. Se não fosse assim, nós a jogávamos pela borda. Entende o que digo? Estou tratando de encher teus bolsos de dólares e centavos, clandestino, para que, quando aprender, possa navegar de Boston até Cuba e dizer que quem te ensinou foi Long Jack. Agora percorreremos todo o barco. Vou falar o nome de cada coisa e tu colocas a mão sobre ela.

Long Jack começou. Harvey, que estava bastante cansado, seguia atento a cada coisa que lhe era nomeada. Um golpe com uma corda, que lhe deu nas costas, quase o deixou sem fôlego.

– Quando for dono de um barco – disse Tom Platt, severo –, poderá passear. Mas, agora, corre quando ouvir uma ordem. Faz outra vez, pra ter certeza!

Harvey estava empolgado com o exercício e, na última parte, cansou de fato. Sem embargo, era um jovem de grande vivacidade natural, filho de um homem de dotes intelectuais excepcionais e de uma mulher de grande sensibilidade. Tinha temperamento determinado, que a condescendência sistemática convertera quase na obstinação de uma mula. Observou os outros para ver se ninguém, nem sequer Dan, estava rindo. Como é óbvio, ainda que no fundo o ferisse, era o método corrente a bordo. Engoliu ofegante aquela advertência com uma careta. A mesma inteligência que usava para se aproveitar de sua mãe o fez ver que ali ninguém, exceto Penn, permitiria a menor estupidez ou abuso. Compreendem-se muitas coisas pelo simples tom.

Long Jack perguntou muitas coisas, enquanto Harvey bailava sobre o convés como uma enguia que a maré tivesse deixado na areia, sem tirar o olho de Tom Platt.

– Muito bem. Muito bem feito – disse Manuel. – Depois de comer, mostro uma escuna que eu fiz com todo o velame. Assim vai aprender.

– Conseguiu logo na primeira, mesmo sendo um carona – disse Dan. – Meu pai acaba de reconhecer que logo vais valer em sal aquilo que pesa, se não te afogar antes. Pra meu pai dizer isso, é que vale muito. Na nossa próxima guarda, vou te ensinar mais coisas.

– Mais alto! – resmungou Disko, observando como a névoa se enredava nos mastros.

Três metros acima do mastro da vela principal não se via nada, enquanto prosseguia a longa e majestosa procissão de ondas macilentas que murmuravam e beijavam as unhas uma das outras.

– Agora te mostrarei algo que Long Jack não sabe – exclamou Tom Platt, tirando de um caixote o aparelho para sondar as profundezas e côncavo numa das pontas, em que passou banha de carneiro tirada de um recipiente, depois se dirigiu à proa. – Aprenderá a voar como a pomba azul. Shhuuu!

Disko fez algo com o timão para diminuir a velocidade da embarcação, enquanto Manuel, com a ajuda de Harvey (um Harvey muito orgulhoso), arriou a vela do mastro. O aparelho cantou uma canção de baixo profundo, quando Tom Platt o fez girar a toda velocidade.

– Depressa! – advertiu Long Jack, impaciente. – Não estamos mais do que a 25 milhas de distância de Fire Island e na neblina. Fazer isso não requer segredo nenhum.

– Não seja invejoso, Galway.

A sonda voou, caindo longe do barco, diante da escuna que avançava lenta.

– Lançar a sonda é uma arte, mesmo que alguns não acreditem – disse Dan –, quando o trabalho de uma semana depende dela. Calcula que profundidade, pai?

Disko sorriu. Estavam em jogo a habilidade e sua honra na direção que havia tomado, distanciando-se da frota, assim como sua reputação de lobo do mar experiente que conhecia bem o banco dos recifes.

– Uns sessenta, se não erro – retorquiu, olhando a bússola.

– Sessenta – exclamou Platt, segurando a sonda molhada.

O veleiro aumentou a velocidade outra vez.

– Iça! – exclamou Disko, depois de um quarto de hora.

– Quanto calcula? – murmurou Dan, ao olhar Harvey com ar de orgulho.

Mas Harvey estava vaidoso com os próprios triunfos para se deixar impressionar, naquele momento, com os de outro.

– Cinquenta! – disse seu pai. – Suspeito que estamos sobre o banco verde, onde a profundidade é de cinquenta a sessenta.

– Cinquenta – gritou Platt. Ele se distinguia entre a névoa. – Estamos apenas a um metro, como as granadas do Forte Maçon.

– Põe a isca, Harvey – disse Dan procurando o carretel da linha de pescar.

A escuna parecia deslizar através da névoa, enquanto sua vela dianteira oscilava com brusquidão. A tripulação aguardava, observando como os dois grumetes pescavam.

– Vai! – exclamou Dan, ao sentir que sua linha era arrastada por cima de um corrimão, cheio de marcas. – Pelos diabos, como ia saber, pai? Preciso de ajuda, Harvey. Acho que é peixe grande.

Recolheram a linha e jogaram sobre o convés um bacalhau com olhos que saltavam para fora e pesava vinte libras. O anzol havia entrado até o estômago.

– Está todo coberto de caranguejos – exclamou Harvey, dando a volta.

– É do grande Hook-Block! – disse Long Jack. – Disko, mais vale dar uma olhada por baixo da quilha.

Lançou a âncora, fazendo saltar um jorro de água. Todos começaram a pescar, ocupando seus postos nas amuras.

– Podemos comer? – perguntou Harvey, enquanto tirava outro bacalhau coberto de caranguejos.

– Claro. Quando estão assim é que estão amontoados aos milhares, ao morderem a isca dessa maneira, significa que têm fome. Não te preocupes como põe a isca. Morderão o anzol mesmo que não tivesse nada.

– Isso é genial! – gritou Harvey pescando outro, que abria a boca e a água salpicava em seu redor. – Por que não pescamos sempre aqui, em vez de usar os dóris?

– Pode ser, até começarmos a salga. Depois as cabeças e os desperdícios afugentariam os peixes até Fundyl. É considerado antiquado pescar com dóris, a menos que se conheçam esses mares tão bem como meu pai. Acho que esta noite faremos pesca de arrasto. Isso é mais penoso para as costas. Não é?

Era um trabalho capaz de quebrar todos os ossos das costas, pois num bote a água suporta o peso do peixe até o último instante, pelo que, digamos assim, o pescador está diante dele. Mas os poucos pés de altura das amuras da escuna o transformam num peso morto que é preciso levantar. Além disso, a inclinação contínua sobre a borda produzia cólicas no estômago. Mas era um desporto empolgante e frenético; enquanto durou, um monte de pescado jazia sobre o convés quando os peixes deixaram de morder o anzol.

– Onde estão Penn e o tio Salters? – perguntou Harvey, sacudindo a baba do bacalhau do impermeável, enrolando sua linha como que imitando de maneira atenta os outros.

– Vai buscar um pouco de café.

Sob a luz amarelecida do candeeiro, absortos da existência de peixes ou do estado do tempo, os dois homens permaneciam sentados, com um tabuleiro de damas entre eles. Tio Salters resmungava a cada movimento de Penn.

– O que se passa agora? – perguntou tio Salters, enquanto Harvey, no primeiro degrau da escada, chamava o cozinheiro aos gritos.

– Muito peixe cheio de caranguejos – disse Harvey, repetindo as palavras de Long Jack. – Como está a partida?

Penn abriu a boca.

– Não é culpa dele – replicou tio Salters. – Penn é bem surdo.

– Estavam jogando damas, não é verdade? – perguntou Dan quando Harvey apareceu na popa com o café fumegante. – Isso nos tira o trabalho de lavar o convés esta noite. Meu pai é um homem justo. Eles vão fazer isso.

– E dois jovens que conheço deverão colocar isca em uma ou duas redes de arrasto, enquanto eles limpam – disse Disko, olhando o timão.

– Ah! Pai, creio que prefiro limpar.

– Não duvido. Mas não vai fazer isso. É preciso começar a salga. Penn vai cortar, enquanto vocês dois colocam a isca.

– Por que raios esses dois malditos rapazes não nos avisaram que tinham descoberto um banco? – disse tio Salters mal-humorado, enquanto se sentava à mesa. – Dan, essa faca não corta nem manteiga.

– Se o burburinho da pesca não desperta, o melhor é ter um garoto pra serviço exclusivo – disse Dan, tateando seu caminho na escuridão sobre a rede de arrasto, estendida a barlavento do casario. – Harvey! Por que não vem e me ajuda a colocar a isca?

– É preciso colocar muita isca – disse Disko. – Creio que os restos servirão para esse fim.

Queria dizer com isso que os jovens deviam usar pedaços das tripas de bacalhau, o que era muito melhor do que remexer com as mãos nuas os pequenos barris. A rede consistia em linhas com anzóis grandes a cada metro; era uma genuína façanha examinar cada um deles, colocar a isca correspondente e lançá-la do bote de tal modo que se mantivesse separada da embarcação. Dan trabalhava na escuridão, sem necessidade de olhar, enquanto os dedos de Harvey ficavam presos nas pontas dos anzóis, e o rapaz lamentava sua sorte. Mas os anzóis voavam nas mãos de Dan como a linha no colo de uma anciã tecendo rendas.

– Quando ainda nem sabia andar, já ajudava a colocar isca nas redes de arrasto – disse –, de qualquer maneira é um assunto chato. Pai! – gritou na direção da escotilha onde Disko e Platt estavam salgando. – Quanto acha que precisaremos?

– Umas três. Depressa!

– Cada tonel destes tem trezentas braças de rede – explicou Dan –, o suficiente para nos ocupar toda a noite. Ai! Isso me machucou – exclamou, metendo o dedo na boca. – Eu te asseguro uma coisa, Harvey; não há em toda Gloucester dinheiro bastante pra me fazer entrar num barco que só se dedique à pesca de arrasto. É muito moderno, mas, fora isso, é a atividade mais idiota e monótona de toda a terra.

– Eu não sei o que é, se não for uma rede de arrasto – disse Harvey em tom seco. – Meus dedos estão todos machucados.

– Ah! É um dos experimentos do meu pai. Não usa esse sistema, a não ser que tenha muito boas razões pra isso. Meu pai conhece muita coisa. Por essa razão, ele coloca a isca assim. Quando a recolhermos, vai estar cheia de peixes e não veremos nem uma barbatana.

Penn e o tio Salters limparam tudo como Disko ordenara, mas serviu pouco aos jovens. Enquanto preparavam as redes, Tom Platt e Long Jack, que examinaram o interior de um bote com uma lanterna, dispuseram nelas algumas pequenas boias pintadas, depois baixaram a embarcação. Para Harvey, o mar estava muito picado.

– Vão se afogar! – exclamou. – Esse dóri está mais carregado que um vagão de trem.

– Já voltaremos – disse Long Jack. – Se não nos esperarem, jogaremos em cima de vocês, e serão culpados se a rede emaranhar.

O bote se ergueu sobre a crista de uma onda, e no preciso momento em que parecia se espatifar na lateral da escuna, deslizou sobre ela, desaparecendo na escuridão.

– Fica aqui e faz soar o sino sem parar! – disse Dan, segurando a corda que movia o badalo.

Harvey balançou com força, pois compreendeu que suas vidas dependiam dele. Disko, que estava ocupado com o diário de bordo, não parecia nenhum assassino, mas nesse momento sorriu friamente ao ansioso Harvey.

– Isso não é mau tempo – disse Dan. – Ah! Tu e eu podíamos colocar essa rede. Eles se afastaram só o necessário pra que não emaranhasse no cabo. Na realidade, não precisam de sino.

– Blem, blem, blem!

Harvey continuou tangendo o sino durante meia hora, introduzindo às vezes uma variante nos sons invariáveis. Na borda, ouviu-se alguém bater. Manuel e Dan correram para buscar os anzóis; logo apareceram no convés Long Jack e Tom Platt, como se tivessem deixado às suas costas a metade do Atlântico Norte. Em seguida, surgiu o bote no ar, caindo no convés e fazendo barulho.

– Muito bem feito! – exclamou Platt. – Danny, um dia vais ser um excelente marinheiro.

– Teremos o prazer da sua companhia no banquete – disse Long Jack, enquanto sacudia a água das botas, agitando-se como um elefante e colocando o braço, envolto em um tecido de tule, no ombro de Harvey. – Somos tão condescendentes que honraremos o segundo grupo com a nossa presença.

Os quatro foram comer. Harvey se encheu de guisado, peixe e pastel frito; dormiu quando Manuel tirou uma maquete belíssima, de uns dois pés, do Lucy Holmes, o primeiro veleiro em que ele embarcou, e se dispunha a ensinar Harvey sobre as vergas. Harvey não moveu nem um dedo quando Penn o levou para sua cama.

– Que triste deve ser. Deve ser muito triste – disse Penn, observando a cara de Harvey – para seus pais, que pensam que ele está morto. Perder um filho! Quase um homem!

– Deixa ele, Penn – retrucou Dan. – Vai terminar o jogo com o tio Salters. Diz ao pai que eu me encarrego do turno de Harvey, se não mandar fazer outra coisa. Harvey está muito cansado.

– Muito bem, rapaz – disse Manuel, tirando as botas e desaparecendo nas sombras de um dos beliches inferiores.

– Creio que chegará a ser um grande homem. Não me parece que seja tão louco como dizia seu pai, hã?

Dan riu, mas a gargalhada terminou num ronco.

O tempo estava péssimo, a velocidade do vento tendia a crescer; os mais velhos entre a tripulação aumentaram a atenção durante suas horas de serviço. O tempo decorreu em tranquilidade no casario; os mastros batiam e rangiam ao compasso do mar; a chaminé do fogão chiava cada vez que a água salpicava nela. Os jovens continuavam dormindo, enquanto Disko, Long Jack, Tom Platt e o tio Salters, aos turnos, iam à popa vigiar o timão, e até a proa para ver se estava tudo bem com a âncora ou para soltar um pouco mais o cabo, observando ao mesmo tempo a débil luz de navegação.

CAPÍTULO IV

QUANDO HARVEY DESPERTOU, o primeiro grupo já havia tomado o café da manhã, a porta rangia, e cada centímetro quadrado do barco entoava sua própria melodia. A negra corpulência do cozinheiro balançava atrás do fogão, sobre o fogo, entre a tábua de madeira perfurada em que ficavam penduradas panelas e frigideiras, que oscilavam e saltavam. O casario se elevava cada vez mais alto, suspirando, movendo-se e tremendo, para descer depois veloz, com um movimento ondulante parecido ao de uma foice. Harvey podia ouvir como ressoava a madeira da proa, produzindo uma pausa antes que as águas cortadas pela embarcação caíssem sobre o convés, como se alguém lançasse um balde de água. Depois se seguiu o som fraco de escova no cabo, os grunhidos do cabrestante, um pequeno desvio de direção, o movimento como se a embarcação se preparasse para uma investida e o We're Here se aprontara para repetir tudo aquilo.

– Se estivéssemos em terra – ouviu o que Long Jack dizia –, teríamos de fazer alguma coisa, sempre tem algo pra fazer, seja qual for o tempo. Aqui estamos longe da frota, não temos nada pra nos distrair, isso é uma benção de Deus. Boa noite pra todos.

Passou da mesa para seu beliche, como se fora uma serpente gigantesca, e começou a fumar. Tom Platt seguiu seu exemplo. O tio Salters, junto com Penn, abriu caminho até a escada, pois era sua guarda, e o cozinheiro preparou a mesa para o segundo grupo.

Manuel saiu do seu beliche, como os outros entravam nos seus, espreguiçando-se e bocejando. Comeu até não poder mais. Encheu seu cachimbo com algum detestável tipo de fumo, apoiou-se entre o traquete e um dos beliches dianteiros, pôs os pés em cima da mesa e dirigiu um sorriso indolente à fumaça. Dan estava deitado em seu leito, que era grande, tocando um acordeão de cores berrantes e teclas douradas, cuja melodia seguia os balanços da embarcação. O cozinheiro, que apoiava as costas no armário onde guardava os pastéis (de que Dan tanto gostava), descascava batatas, sem perder de vista o fogão, vendo se não caía muita água pela chaminé. O cheiro e o ar espesso que reinavam ali superavam qualquer descrição.

Harvey estudara a situação, estranhando que não adoecera gravemente, e se meteu de novo em seu beliche, por ser o lugar mais seguro e agradável, enquanto Dan começava a tocar, "Não quero brincar no seu quintal", seguindo a nova melodia da melhor maneira, como permitia o terrível sacolejar da embarcação.

– Quanto tempo isso vai durar? – interrogou Harvey a Manuel.

– Até que o tempo fique mais calmo e possamos recolher a rede. Quem sabe ainda esta noite. Talvez dure dois dias ou mais. Não gosta? Hã! O quê?

– Uma semana atrás teria ficado louco, mas agora não me chateia... muito.

– Isso é porque nestes dias te transformamos num pescador. Em seu lugar, ofereceria duas ou três velas quando chegar a Gloucester, pra boa sorte.

– Oferecer a quem?

– À Virgem da nossa igreja na colina, é claro. Ela é sempre boa com os pescadores. Essa é a razão por que tão poucos portugueses se afogam.

– É católico?

– Nasci na ilha da Madeira. Não sou de Porto Rico. O que seria? Batista? Hã! O quê? Sempre levo duas ou três velas quando chego a Gloucester. A santa Virgem nunca esquece o seu Manuel.

– Não me parece que seja assim – interrompeu Tom Platt do seu leito. Deu uma baforada no cachimbo e riscou o fósforo, cuja luz iluminou a cicatriz do seu rosto. – Está claro que o mar é mar. Entenderá o que acontecer, tanto faz que sejam velas ou combustível, dá no mesmo.

– É bom ter amigos no palácio – disse Long Jack. – Penso como Manuel. Há uns dez anos, embarquei num navio mercante de Boston. Estávamos frente a frente do Minot's Ledge, com vento de Nordeste, e se aproximava uma tempestade pesada. O capitão estava bêbado, quase beijando a cana do timão. Disse a mim mesmo: "Se conseguir levar meu dóri outra vez ao porto de Boston, mostrarei aos santos o que é agradecimento". Bom, como estão vendo, aqui estou. Dei ao padre a maquete da velha e suja Kathleen, que me custou um mês a fazer. É melhor oferecer uma maquete, já que é uma obra de arte, em vez de comprar uma vela. Velas se compram em qualquer lugar, mas um modelo demonstra aos santos seu agradecimento, que trabalhou pra eles.

– Acredita nisso, irlandês? – perguntou Tom Platt, dando a volta.

– Teria feito isso se não acreditasse, Ohio?

– Vai ver, Enoch Fuller fez uma maquete do velho Ohio, que agora está no museu de Salem. É muito bonita, mas creio que Enoch fez como uma penitência. A mim parece que...

Desse modo, começou uma discussão que durou mais de uma hora, daquela que os pescadores gostam, quando se fala dando voltas ao redor de um círculo, sem que no final ninguém consiga provar nada. Mas Dan os interrompeu, entoando uma canção alegre:

A cavala saltou com o dorso a raiar,
Recolhe a maior e solta o pau,
Porque o tempo começou a ventar...

Ao chegar a este ponto, juntou-se a Long Jack:

O tempo começou a ventar,
Quando o vento começa a soprar,
Sopremos juntos!

Dan prosseguiu, não sem olhar com precaução para onde estava Platt, mantendo o acordeão numa posição baixa, dentro do seu beliche:

Com a cabeça tonta saltou o bacalhau,
Para a sonda retirar, foi puxar o brandal
Porque o tempo começou a ventar...

Tom parecia buscar algo. Dan se abaixou e cantou mais alto:

Saltou o peixe que nada até a praia.
Cabeça tonta! Cabeça tonta!
Olha de onde tiras a sonda!

Uma das botas longas de borracha de Platt voou através do cômodo e foi bater num dos braços de Dan. Desde que o jovem descobriu que bastava trautear aquela melodia para enfurecê-lo, havia uma guerra entre eles.

– Pensava que me acertaria? – disse Dan, devolvendo a bota com precisão matemática. – Se não gosta da minha música, tira seu violino. Não vou passar o dia aqui ouvindo você e Long Jack discutindo sobre velas. Toca o violino, Tom Platt, ou ensino essa canção ao Harvey.

Tom Platt se inclinou sobre um dos caixotes e tirou um violino branco. Os olhos de Manuel brilharam e de algum ponto atrás do mastro do traquete tirou uma coisa parecida com um cavaquinho com cordas de metal, que chamava de machete.

– É um concerto – falou Long Jack, com um sorriso que se distinguia através da fumaça do recinto. – Um genuíno concerto, como os de Boston.

Caiu um verdadeiro dilúvio quando Disko abriu a escotilha e entrou vestido com o impermeável amarelo.

– Na hora certa, Disko, como está lá fora?

– Está vendo – disse, enquanto caía sobre os caixotes, empurrado pelos movimentos do barco.

– Vamos cantar pra digerir o café da manhã. Disko, canta – disse Long Jack.

– Acredito que não conheça mais do que duas canções, e vocês já ouviram.

Tom Platt interrompeu sua escusa, começando a tocar no violino uma melodia bastante melancólica, que parecia o gemer do vento ou o barulho que faria um mastro ao se quebrar. Com os olhos fixos no teto, Disko entoou essa canção antiquíssima, enquanto Platt dava voltas ao redor dele e tentava acompanhar, na medida do possível, a música e a letra:

Tem um barco louco – louco de tanta fama
Sai de Nova Iorque – Dreadnought se chama.
Sobre qualquer um, de barcos velozes falai.
Dreadnought a todos derrota.
Agora em Mersey o Dreadnought está
Esperando o rebocador que vai
Levá-lo pelo mar na rota
E o que vale saberá
Quando houver muita profundidade.
(coro)
O barco que para Liverpool está a partir
– Oh, senhor, deixai-o seguir.

O Dreadnought atravessa o recife
Da Terra Nova, fazendo soar a sirene
Onde o mar é pouco profundo
E de areia o fundo.
Assim dizem os peixes que nadam
De um lado para o outro.
(coro)
É o barco que *para Liverpool está a largar.*
– Oh, senhor! Deixai-o navegar.

Continuaram cantando uma infinidade de estrofes, seguindo o percurso do Dreadnought entre Liverpool e Nova Iorque, de maneira tão real como se estivessem no seu convés.

Entretanto, o acordeão inflava e o violino gemia. Tom Platt cantou algo sobre o "duro e bruto M'Ginn, que fazia o barco entrar no porto". Então pediram a Harvey, que se sentiu honrado, uma contribuição para a diversão geral, mas a única coisa que pôde recordar foram algumas estrofes de "A viagem do Capitão Ireson", que lhe ensinaram na colônia de férias de Adirondacks. Parecia apropriada para a hora e o lugar, mas apenas mencionara o nome quando Disko bateu o pé no chão e exclamou:

– Não acompanhes, garoto. Tudo isso é uma grande mentira, uma das piores, porque, além do mais, é uma canção muito cativante.

– Devia ter alertado – disse Dan. – Meu pai se enfurece quando a ouve.

– Mas por quê? – perguntou Harvey, surpreso e meio ofendido.

– Tudo o que ia falar – exclamou Disko – é uma grande mentira, o culpado é Whittier. Não tenho nenhuma obrigação de defender marinheiros de Marblehead. De qualquer maneira, a culpa não foi de Ireson. Meu pai me contou a história várias vezes e posso repeti-la.

– Pela centésima vez – disse Long Jack, contendo o fôlego.

– Ireson era capitão do Betty, isso foi antes da guerra de 1812, mas o que é justo é certo, seja como for, garoto. Encontraram o Active, de Portland, às ordens do capitão Gibbons, da mesma cidade, próximo ao farol do cabo Cod. Uma terrível tempestade havia se desencadeado, e o Betty tentava regressar o mais rápido possível. Bom, Ireson disse que não fazia sentido arriscar um dóri, tal como estava o mar, pois tampouco havia força humana capaz de induzir os marinheiros a fazer isso. Propôs à tripulação manter-se a pouca distância do Active e esperar que a tempestade amainasse um pouco. A tripulação se negou a permanecer perto do cabo Cod com aquele tempo, tivesse ou não o outro barco uma porção de água. Como é natural, seguiram seu rumo, levando o capitão Ireson. O pessoal de Marblehead se chateou muito por terem negado correr o risco. Além do mais, no dia seguinte, a tempestade diminuiu de intensidade (nunca pararam para pensar que isso podia acontecer), um barco de Truro resgatou alguns tripulantes do Active que, quando chegaram a Marblehead, contaram a história à sua maneira, dizendo que Ireson era uma vergonha para sua cidade natal e toda consabida litania. Os tripulantes de Ireson temeram a ira pública contra eles, jogaram a culpa no capitão, jurando que Ireson era responsável por aquele ato desonroso. Tampouco é verdade que as mulheres de Marblehead o untaram com graxa e jogaram penas nele; as senhoras de Marblehead são incapazes de tal atitude, foi um grupelho de homens e rapazes que o fizeram desfilar pela cidade num bote de pesca, quando o fundo se quebrou e Ireson caiu no chão, dizendo que um dia iriam se arrepender do que estavam fazendo. Bom, a verdade veio à tona mais tarde, como em geral acontece, mas demasiado tarde para um homem honrado. Veio Whittier e o empastou com graxa, jogando penas em Ben Ireson. Essa foi a única vez que Whittier errou, embora para a primeira vez o erro tivesse sido muito grave. Expliquei isso a Dan quando voltou da escola cantando essa canção. Creio que não sabia, mas contei as coisas tal como aconteceram, para que se lembre hoje e sempre. Ben Ireson não era o gênero de homem que Whittier deu a entender. Meu pai o conhecia muito bem, antes e depois desta história. Muito cuidado, garoto, com os juízos temerários!

Nunca Harvey ouvira Disko falar deste modo, e se afundou no seu leito, com os pômulos ardendo. Mas Dan fez notar que um jovem só pode aprender o que se ensina na escola, a vida é muito curta para estar atento às mentiras que circulam pelas costas.

Então Manuel começou a tocar o instrumento dissonante que ele chamava machete e cantou algo em português, "A inocente Nina", que terminava com um movimento brusco.

Depois Disko brindou a tripulação com uma segunda canção, uma melodia extravagante e antiga, que todos cantaram em coro. Eis uma das estrofes:

Daqui a pouco sairemos de Bedford
Somos os baleeiros que nunca veem os grãos de trigo.

Neste ponto, o violino continuou sozinho durante um tempo, reiniciando o canto:

Grãos de trigo, as flores do meu amor
Grãos de trigo, vamos para o mar
Grãos de trigo, te deixo para que outros te semeiem
Uma fornada de pão serás quando eu voltar!

A canção levou Harvey quase às lágrimas, embora não soubesse explicar. Mas foi ainda pior quando o cozinheiro parou de descascar as batatas, estendeu as mãos e pediu para tocar o violino. Sempre encostado na porta do armário, tocou uma melodia que falava sobre algo mau que aconteceria e que não era possível evitar, seria em vão. Depois cantou numa língua desconhecida, apoiando o queixo no violino, enquanto seus olhos brilhavam à luz do candeeiro. Harvey saiu do seu beliche para ouvir melhor. Entre os chiados da madeira e os golpes de água no casco, entoava uma canção melancólica que parecia o barulho da ressaca durante a neblina densa, até que terminou num lamento.

– Por todos os santos! Eu me arrepio todo! – exclamou Dan. – Que diabo é isso?

– É o canto de Fin McCoul – disse o cozinheiro –, quando ele seguia para a Noruega.

Seu inglês não era errado, mas nítido e sonoro como que soando de um fonógrafo.

– Por Deus, estive na Noruega, mas nunca ouvi um som tão desagradável. Soa como os antigos cantos – disse Long Jack suspirando.

– Não cante outra sem que tenha algo mais alegre pelo meio – propôs Dan.

Ele começou a tocar uma música no acordeão, viva e encantadora, que acabava assim:

Há 26 domingos que não vemos terra
*Com mil e quinhentos quintais**
Mil e quinhentos quintais
Com mil e quinhentos quintais no convés
Entre o velho Queereau e Grand!

– Basta! – gritou Tom Platt. – Quer acabar com a viagem? Isso é um Jonas com toda certeza; por isso, não canta mais até que tenhamos encharcado todo nosso sal.

– Não é assim, certo, pai? Não, a menos que se cante o último verso. Não pode me ensinar nada sobre Jonas!

– O que é isso, o que é um Jonas? – perguntou Harvey.

– Um Jonas é qualquer coisa que traz azar. Às vezes, um homem, um grumete ou um balde. Soube que certa vez um punhal

---

* Quintal é uma medida utilizada pelos pescadores para quantificar o volume de bacalhau, equivalente a sessenta quilos. (N.T.)

foi Jonas durante duas travessias – explicou Tom Platt. – Têm muitos. Jim Bourke era um, até que se afogou. Nunca embarquei com ele, mesmo que estivesse a ponto de morrer de fome. No Ezra Flood, havia um dóri pintado de verde. Era um Jonas da pior espécie. Afogou quatro homens e à noite parecia ter uma luz estranha.

– Acredita nisso? – perguntou Harvey, lembrando o que ele havia dito sobre velas e ex-votos. – Acaso não sucederá o que não merecemos?

Pelos beliches se espalhou um murmúrio de desconforto.

– Em terra, sim, mas a bordo podem ocorrer muitas coisas – disse Disko. – Não comece a se confundir com os Jonas, garoto.

– Bom, Harvey não é nenhum Jonas – interrompeu Dan. – Depois de ter sido recolhido, conseguimos uma excelente pesca.

O cozinheiro levantou a cabeça e riu de repente.

Foi uma gargalhada estranha e aguda.

– Maldição! – exclamou Long Jack. – Não faça isso outra vez, doutor. Não estamos acostumados.

– O que Harvey tem de ruim? – disse Dan. – Não é nossa mascote e não tivemos uma boa pesca desde que está a bordo?

– Sim – respondeu o cozinheiro. – É assim, mas a pesca não terminou ainda.

– Não vai nos criar problema – afirmou Dan com firmeza. – O que quer dizer com isso? Não vejo nada contra ele.

– Não. Mas um dia, Dan, ele será seu patrão.

– Isso é tudo? – perguntou Dan complacente. – Não será, de maneira alguma.

– O patrão! – insistiu o cozinheiro, apontando Harvey. – E o sócio! – acrescentou, inclinando a cabeça na direção de Dan.

– Isso é novidade. Quando vai acontecer? – indagou Dan, sorrindo.

– Dentro de alguns anos, e eu vou ver isso. O patrão e o sócio.

– Com os diabos! Como sabe disso?

– Só sei, e basta. Tiro da minha cabeça, onde posso ver.

– Mas de que maneira?

– Não sei, mas assim será.

Baixou a cabeça e continuou a descascar as batatas, sem que fosse possível lhe tirar outra palavra.

– Bom, acontecerá muita coisa antes que Harvey seja meu chefe. De toda maneira, fico feliz que o doutor não o tenha visto como um Jonas. Mas creio que o tio Salters é o mais Jonas de todos os Jonas, se tivermos em conta sua sorte peculiar. Não contagia como a varíola. Devia estar no Carrie Pitman. Por todos os santos! Acho que aquele barco é capaz de afundar com uma simples tempestade.

– De qualquer maneira, estamos longe da frota e do Carrie Pitman.

Nesse momento, ouviu-se um barulho, como se alguém batesse no convés.

– É o tio Salters e sua sorte – disse Dan, quando seu pai saiu.

– A neblina se dissipou – gritou Disko.

Todos os pescadores abandonaram o cômodo para tomar um pouco de ar fresco. A neblina desaparecera, mas o mar estava agitado, formando ondas altas. O We're Here parecia deslizar entre longas avenidas ou trincheiras que teriam feito todos se sentir em casa, provocando uma sensação de segurança se estivessem paradas, mas mudavam sem descanso ou misericórdia, elevando a escuna até o pico mais alto de mil colinas cinzas, o vento sacudia todo seu velame quando a embarcação baixava nas ondas. Ao longe, o mar explodia num turbilhão de espuma, como se fosse um sinal, e outros se seguiam, até que os olhos de Harvey perdiam o equilíbrio observando aquele entrecruzar de brancos e cinzas. Quatro ou cinco albatrozes voavam em círculos, gritando ao sobrevoarem a proa. Outros dois pairavam de um lado para o outro sobre o deserto sem limites, até que desapareceram.

– Tive a impressão de ver algo se movendo ali – disse tio Salters, indicando o Nordeste.

– É impossível que seja um dos barcos da frota – respondeu Disko, levantando as sobrancelhas e apoiando-se no corrimão, enquanto a proa baixava no meio das águas. – O mar está se acalmando muito rápido, Danny, por que não sobe e vê onde está a flâmula da boia da rede?

Danny subiu rapidamente pelo mastro maior (sob o olhar atento de Harvey, consumido pela inveja) e se acomodou, e seu olhar vagou até divisar a flâmula na crista de uma onda.

– Está ali! – gritou. – Barco à vista! Ele se aproxima de nós pelo Norte. Deve ser um veleiro como o nosso.

Esperaram mais meia hora, enquanto o céu clareava aos poucos, surgindo o sol enfermiço, que produzia na água manchas oliva-escuras.

Então apareceu um mastro na crista de uma onda, que desapareceu em seguida, e voltou a surgir sobre outra onda, revelando desta vez a popa, na qual se distinguiam pescantes de um modelo antiquado para os botes. As velas tinham remendos coloridos.

– É um veleiro francês! – gritou Dan. – Não, acho que não. Pai!

– Não é francês – disse Disko. – Salters, este é outro dos feitos da tua má sorte.

– Tenho vista boa. É o tio Abishai.

– Não pode afirmar isso com toda certeza.

– O rei dos Jonas – resmungou Tom Platt. – Ah! Salters, Salters, por que não ficou na cama dormindo?

– Como poderia saber? – disse o pobre Salters, enquanto o veleiro seguia balançando.

Poderia ter sido o mesmíssimo Flying Dutchman pela sujeira, a desordem e o abandono de cada uma das cordas e o mastro a bordo. Seu casario era de estilo antiquado, media talvez um metro e meio; o aparelho enredado e cheio de nós balançava em todas as direções como as algas no extremo de um molhe. Seguia a favor do vento, dando terríveis bordadas, sob o cabo do mastro, para fazer o papel de um traquete, como os marinheiros chamam a vela em forma de trapézio; o mastro grande deslizava na lateral. A verga horizontal se erguia como a de uma antiga fragata. O gurupés estava reforçado, remendado e seguro de tal modo que era impossível tocá-lo; erguia-se avançando ou descansava sobre a popa, parecia uma velha mal-intencionada, gorda e desalinhada, empenhada em insultar uma jovem indecente.

– Este é o Abishai – disse Salters. – Cheio de gim e marinheiros de Judique, com os juízos da providência atrás dele, sem encontrar um lugar onde ancorar e fazer uma boa pesca. Ele se dirige para Miquelon em busca de isca.

– Afundará antes – disse Long Jack. – Esse barco não aguenta um tempo ruim.

– Não, certeza que não, ou teria trocado há muito – retrucou Disko.

– É como se pretendesse se fundir a nós. A proa não está mais inclinada do que deveria? – perguntou Tom Platt.

– Se essa é a maneira que tem de trabalhar a carga, pode ocorrer qualquer coisa – respondeu pausadamente o marinheiro. – Se perder cabo, logo a tripulação terá de usar as bombas.

A embarcação avistada balançou, virou, gemendo como um condenado, e parou a tal distância que se ouviam as vozes.

Um homem de barba cinzenta assomou às amuras e com uma voz grossa gritou algo que Harvey não entendeu. Mas a cara de Disko se ensombreceu.

– Arriscaria todos os mastros que traz más notícias. Diz que nos espera uma mudança de vento. Com ele acontecerá algo pior. Abishai! Abishai!

Balançou os braços como se movesse uma bomba, com o dedo indicou para a frente. A tripulação riu dele.

– Podem rir à vontade! Vai chegar até vocês e afundá-los! – gritou o tio Abishai. – Se vier uma tormenta feroz, preparai vossa última viagem, sardinhas de Gloucester. Já vereis um porto!

– Completamente louco, como sempre – disse Tom Platt. – Gostaria de não ter tropeçado com ele.

A escuna singrou, distanciando-se de maneira que já não se podia ouvir, enquanto o homem da barba grisalha gritava algo sobre um baile na baía dos Touros e de um homem morto a bordo. Harvey tremeu. Vira o aspecto emporcalhado e aquela tripulação de horrível catadura.

– É um inferno flutuante! – exclamou Long Jack. – Gostaria de saber que malefícios cometeu em terra.

– É um pesqueiro de arrasto – explicou Dan a Harvey. – Veleja por toda a costa. Oh, não! Nunca toca nossos portos. Faz a faina nos do Sul e Oeste – prosseguiu, indicando com um movimento de cabeça as implacáveis costas da Terra Nova. – Meu pai nunca me deixa descer à terra lá. Tem uma multidão de loucos, e Abishai é o mais alucinado de todos. Viu o barco? Dizem que tem mais de setenta anos; é a última das tralhas de Marblehead. Já não se constroem barcos com um casario desse tipo. Abishai não vai a Marblehead. Não o querem lá. Segue de um lado pro outro, cheio de problemas até os olhos e lançando maldições, como as que acaba de ouvir. Há muito tempo, é um verdadeiro Jonas. Os tripulantes dos veleiros de Feecamp lhe oferecem licores pra vender informações e todo tipo de trapaças. Acho que está totalmente louco.

– Não vale a pena levantar a rede esta noite – disse Tom Platt, com serena apreensão. – Passou ao largo, apenas pra nos lançar mau-olhado. Daria todo o meu salário e a parte que me toca pra vê-lo na prancha do velho Ohio antes que lhe déssemos alguns golpes com o gato de nove rabos. Em torno de umas seis dúzias de chicotadas, administradas por Sam Mocatta em cruz.

Esse indivíduo celerado desapareceu no horizonte, cambaleando como um bêbado, seguido pelos olhares de todos os tripulantes do We're Here. De modo repentino, o cozinheiro gritou com sua voz de fonógrafo:

– Está condenado! Está condenado! Estou dizendo. Olha!

A escuna desapareceu numa clara mancha de água sobre a qual incidiam os raios do sol, umas três ou quatro milhas à frente. A mancha escureceu e sumiu, tornando invisível a embarcação, à medida que se esfumavam os últimos clarões. Caiu num vale formado por cristas de duas ondas e... desapareceu.

– Foram tragados pelo remoinho, o grande Hook-Block! – gritou Disko, correndo para a popa. – Bêbados ou não, temos de ajudá-los. Levantar âncora! Depressa!

Os pescadores atropelaram Harvey, quando este içava uma vela e o traquete, pois prescindiram do cabo e levantaram de uma vez a âncora, enquanto começavam a se mover. Isso equivale a empregar a força bruta, procedimento a que se recorre só em caso de vida ou morte; o We're Here se queixou como um ser humano. Se apressaram a chegar ao ponto onde Abishai desaparecera, mas a única coisa que flutuava eram duas ou três boias de rede, uma garrafa de gim e um bote, nada mais.

– Deixai essas coisas – disse Disko, embora ninguém tivesse pensado em recolhê-las. – Não quero a bordo nada que tenha pertencido ao velho Abishai. Presumo que a escuna tenha afundado de maneira inesperada. Devia ter jogado seu cabo há uma semana e nunca lhes ocorrera bombear a água. É mais um veleiro que afundou por zarpar com toda a tripulação embriagada.

– Que Deus os tenha em sua glória! – exclamou Long Jack. – Tínhamos de ajudá-los, embora o mar estivesse picado.

– Também pensei isso – disse Tom Platt.

– Condenado! Estava condenado! – disse o cozinheiro. – Sua própria sorte o levou consigo.

– Será uma nova história pra contar à frota, quando a avistarmos. Hã? – falou Manuel. – O vento empurra assim, e o barco se abre *pelas junta*...

Estendeu as mãos, fazendo um gesto impossível de descrever, enquanto Penn, sentado, chorava de horror e piedade. Harvey não se dera conta de que havia visto a morte em alto-mar, mas se sentia muito abatido.

Dan subiu outra vez ao mastro; Disko manobrou até ficar à vista da sua rede, antes que a neblina cobrisse outra vez o mar.

– Quando chega nossa hora, desaparecemos deste mundo num instante fugaz – foi tudo o que disse a Harvey. – Pensa nisso durante um tempo, garoto. São as consequências do álcool.

Depois da refeição, o tempo se acalmou o bastante para ser possível pescar no convés. Desta vez, Penn e o tio Salters estavam muito entusiasmados. A pesca foi abundante, e os peixes eram graúdos.

– Certeza que Abishai levou sua sorte consigo – disse Salters. – Nem sequer o vento mudou de direção. O que fazemos com a rede? De todas as maneiras, rio das superstições.

Tom Platt insistiu que era muito melhor levantar e procurar outro lugar onde lançar âncora.

Mas o cozinheiro disse:

– A sorte tem duas caras. Dará conta quando você a encontrar. Eu sei.

Essas palavras provocaram tanta graça em Long Jack, que convenceu sobremaneira Tom Platt e os dois saíram juntos no bote.

Recolher uma rede significa erguê-la de um dos lados para o bote, retirar o pescado, pôr nova isca nos anzóis e devolvê-la ao mar. É algo assim como tirar e colocar roupa num varal. Trata-se de tarefa demorada e perigosa, pois a rede pesada se mantém flutuando com dificuldade, pode arrastar consigo o bote num instante. Mas a bordo do We're Here se ouviram os dois gritando através da neblina: "Oh, capitão, agora você", e renasceram suas esperanças. O bote se aproximou com uma grande carga. Tom Platt pedia aos gritos que Manuel os ajudasse.

– A sorte tem duas caras – repetiu Long Jack, jogando o pescado na embarcação, enquanto Harvey admirava boquiaberto a habilidade com que o dóri se salvara da destruição. – A metade não servia pra nada. Tom Platt queria levantar a rede e terminar de uma vez, mas eu lhe disse: "Insisto em que o doutor tem uma segunda visão". Então levantamos a outra metade da rede, que estava repleta de peixes grandes.

– Depressa, Manuel, traz um balde de isca. A sorte anda solta esta noite.

Os peixes morderam os anzóis, já com novas iscas, cujos irmãos de raça tinham acabado de ser retirados. Tom Platt e Long Jack percorreram sistematicamente a rede, enquanto a proa do bote afundava debaixo da rede molhada, retirando os pepinos-do-mar que eles chamam abóbora, golpeando os bacalhaus pescados contra a borda, colocando mais isca e enchendo o bote de Manuel. Tudo transcorreu assim até escurecer.

– Não quero correr nenhum perigo – disse Disko. – Pelo menos enquanto estivermos perto do local em que tio Abishai afundou. Subir os dóris. Salgaremos depois de comer.

Enquanto salgavam, três ou quatro orcas que lançavam esguichos de água se entreviam próximas da embarcação.

Trabalharam até nove da noite. Duas ou três vezes Disko riu, observando como Harvey recolhia o pescado já cortado.

– Está aprendendo muito depressa – disse Dan, enquanto afiavam as facas, depois que os pescadores se retiraram. – O mar está muito encrespado, e não ouvi nenhuma queixa tua.

– Estive muito ocupado – respondeu Harvey, verificando o gume de uma faca. – Mas, agora que fala, este barco é de primeira classe.

A pequena escuna saltava ao redor da âncora, entre ondas prateadas. Jogava-se para trás com um movimento de dissimulada surpresa ao ter o cabo apertado. Dava uma patada na corrente, como se fosse um gato, enquanto entrava água, fazendo o mesmo barulho que uma bateria de canhões. Sacudia a cabeça, como se quisesse dizer: "Sinto muito, mas não posso ficar mais tempo convosco. Vou para o Norte", e navegava para diante, detendo-se repentinamente com o zumbido dramático da embarcação. "Como estava a ponto de dizer...", continuava com a gravidade de um bêbado que entabula diálogo com o poste de luz. O restante da frase (é óbvio que o veleiro não falava, limitava-se a fazer movimentos) se perdia no barulho da corrente, quando se portava como um cachorrinho que morde uma corda, como uma mulher gorda a cavalo, como uma galinha que se acaba de cortar a cabeça, ou como a vaca que se sujeita com um chifre, segundo ia tomando o humor cambiante do mar.

– Está fazendo suas orações. Parece com Patrick Henry – disse Dan.

A escuna se posicionou num lado, discutindo animada com o gurupés, da popa até a proa. "Quanto a mim, quero liberdade ou morte". Eis que a embarcação se encontrou sob a imagem luminosa da lua, fazendo um soberbo gesto de cortesia, que impressionaria qualquer um, a não ser pela correção do movimento do timão.

Harvey riu como um desbragado:

– Parecia que estava viva!

– É tão estável como uma casa e tão seco como um arenque – disse Dan, entusiasmado, enquanto os movimentos do barco levavam ao porto, envolto numa nuvem de água. – Defende-se e não quer que se aproximem. Olha! Precisaria ver um desses novos barcos levando a âncora a uma profundidade de quinze braças.

– Que barcos são esses, Dan?

– São os que se dedicam à pesca do arenque e da merluza. Têm a proa e a popa de um iate e um castelo que não cabe em nossas adegas. Ouvi dizer que o próprio Burgess fez as maquetes de três ou quatro deles. Meu pai não gosta desses barcos, pois são muito instáveis e custam muito caro. Meu pai sabe encontrar o peixe, mas não é um homem moderno, não segue o tempo. Esses novos barcos estão cheios de máquinas que evitam trabalho. Alguma vez viu o Elector de Gloucester? É uma preciosidade, embora seja um destes.

– Quanto custa, Dan?

– Montanhas de dinheiro. Talvez quinze mil dólares ou mais. Tem um banheiro de ouro e tudo o que possa imaginar – respondeu Dan, e prosseguiu, como se falasse consigo mesmo: – Eu poderia chamá-lo de Hattie S.

CAPÍTULO V

Aquela foi a primeira de uma inumerável série de conversas com Dan, durante as quais ele explicava por que pensava transferir o nome do seu dóri para o pesqueiro construído por Burgess. Harvey ouviu falar muito sobre a verdadeira Hattie, que vivia em Gloucester. Vislumbrou o laço dos seus cabelos, após comprovar como as súplicas e as palavras bonitas não serviam para nada, e que ela o havia "pescado" quando se sentou na escola diante dele, Dan, no inverno, e falou sobre uma fotografia. Hattie tinha quatorze anos e um desprezo olímpico pelos rapazes; durante todo o inverno, ele se dedicara a pisotear o coração de Dan. Tudo isso ele contou a Harvey, sob solene juramento de guardar segredo, quando a lua iluminava o convés, ao reinar a mais completa escuridão ou durante uma névoa cerrada; a roda do timão atrás deles gemia sobre o barco que se levantava e descia outra vez, enquanto o mar incansável entoava seu canto perpétuo. Numa ocasião, quando ambos os jovens chegaram a se conhecer melhor, eles brigaram, percorrendo todo o convés, da proa à popa, até que Penn apareceu e os separou, não sem prometer que não diria nem uma palavra a Disko; para ele, brigar durante uma guarda era pior do que dormir.

Fisicamente, Harvey não oferecia nenhuma resistência a Dan. Mas diz muito em favor da nova educação que Harvey recebia, ele que aceitara a derrota e não tentara ganhar a briga mediante métodos pouco honestos.

Isso aconteceu após Dan lhe tratar de umas bolhas que se formaram entre os cotovelos e os punhos, na parte em que o jérsei molhado e impermeável cortava a carne. A água salgada fazia arder bastante, mas, quando estavam secos, Dan cuidou disso com a navalha de Disko e lhe assegurou que agora era um genuíno pescador dos recifes, pois as feridas eram a marca distintiva da casta a que agora pertencia.

Como era jovem e estava ocupado ao extremo, não devaneava pensando muito. Estava angustiado por causa da mãe, desejava, por um lado, vê-la amiúde, sobretudo contar-lhe da sua nova vida e a maneira magnífica como progredia nela. Mas, por outro lado, preferia não pensar muito sobre como a mãe superara o choque emocional da sua suposta morte. Um dia, enquanto estava brincando com o cozinheiro, que acusava a ele e Dan de lhes roubar os pastéis fritos, ocorreu-lhe que isso era um progresso enorme, comparado com o desprezo dos estranhos no salão de fumadores de um cruzeiro.

Era integrante do We're Here, tinha um lugar à mesa reconhecido por todos e um beliche seu; podia intervir nas longas conversas durante os dias de tormenta, quando os outros estavam dispostos a escutar o que consideravam "contos de fadas" do seu cotidiano na terra. Bastaram alguns dias para entender que, se falasse da sua vida, que agora parecia tão distante, ninguém acreditaria, exceto Dan, embora a credulidade deste fosse submetida várias vezes a uma dura prova. Assim, inventou um amigo, um jovem de cuja vida ouvira falar, que, na cidade de Toledo, no estado de Ohio, tinha um coche puxado por quatro pôneis; encomendava ao alfaiate cinco trajes ao mesmo tempo; levava "alemãs" às festas, em que meninas mais velhas não tinham mais de quinze anos, mas todos os presentes valiam muito.

Salters protestava, afirmando que esse gênero de contos era pecado e até blasfemo, embora escutasse com atenção como os outros; suas críticas induziram Harvey a relatar novas proezas sobre seus primos e primas, as roupas, os cigarros com piteira de ouro, as cenas íntimas, o champanhe, os jogos de cartas e os hotéis. Aos poucos, mudou de tom ao falar do seu "amigo", a quem Long Jack chamava "o menino doido" ou "o bebê de ouro", "a rêmora Vanderpopa"*, e muitos outros apelidos carinhosos. Harvey, sem tirar as botas de água e apoiando os pés na mesa, inventava histórias sobre pijamas de seda e gravatas importadas, para maior descrédito do seu "amigo".

Harvey era uma pessoa com enorme capacidade de adaptação, o ouvido e os olhos ágeis a observar os rostos e tons ao seu redor. Não levou muito tempo para saber onde Disko guardava o quadrante, que servia para medir a altura: sob seu beliche. Quando calculava a altura e encontrava a latitude com a ajuda do *Almanaque do Velho Lavrador*, Harvey corria para a cabine e marcava com um prego sobre a ferrugem do fogão a data e o local. O primeiro maquinista de um cruzeiro não teria feito melhor, nem sequer um engenheiro com trinta anos de serviço a bordo; adotara o ar de velho lobo do mar, então Harvey cuspia primeiro sobre a borda, anunciava depois a posição do barco, não antes, tomava o quadrante das mãos de Disko, guardando-o novamente. Há uma etiqueta para todas as coisas.

* Kipling faz aqui uma referência irônica aos membros de famílias tradicionais de origem holandesa, que passaram a viver nos Estados Unidos a partir de 1700. (N.T.)

O chamado "jugo de porco"*, a *Carta* náutica de George Eldridge, o *Almanaque do Velho Lavrador, The American Coast Pilot,* de Edmund Blunt, *The New American Practical Navigator,* de Nathaniel Bowditch, eram as armas de que Disko precisava para se guiar, exceto a sonda, que era seu olho direito. Uma vez Harvey quase matou Penn, quando Tom Platt o ensinava pela primeira vez como fazer "voar a pomba azul". Embora sua força não conseguisse sondar sempre em qualquer água, Disko com frequência o fazia lançar a sonda com um chumbo de sete libras. Como dizia Dan:

– Meu pai não precisa saber a profundidade. Quer ver a composição do fundo. Usa muita banha, Harvey.

Harvey assim fazia, levava depois o resultado da sondagem com todo o cuidado a Disko, além de areia, conchas ou qualquer outra coisa, que pegava com os dedos, cheirava e pronunciava seus juízos. Como já sabemos, quando Disko pensava no bacalhau, raciocinava como o bacalhau; segundo uma mescla de instinto e experiência que sempre resultava, encontrando pesca abundante, como um jogador de xadrez com os olhos vendados move as peças de um tabuleiro que não vê. Mas o tabuleiro de Disko era o grande banco, um triângulo de duzentas e cinquenta milhas de lado, um deserto de ondas, camuflado num úmido manto de neblina, atravessado por tempestades, acossado por gelos flutuantes, sulcado pelas proas de cruzeiros velozes, adornado com as manchas brancas do velame dos barcos de pesca.

Trabalharam por vários dias entre a neblina. Durante esse tempo, o posto de Harvey era o sino até que, familiarizado com o ar espesso, saiu com Tom Platt, o coração na mão. Mas como

---

* No original, "hog-yoke", era um instrumento de navegação como o quadrante e assim designado porque parecia com os jugos de madeira colocados nos porcos para que não atravessassem as cercas. (N.T.)

a neblina não cedia e nenhum homem pode ficar atemorizado por seis horas seguidas, Harvey se dedicou ao seu equipamento de pesca e ao bastão de atordoar peixes, cada vez que Platt pedia. Remaram de regresso, guiados pelo instinto do velho marinheiro e o sino a bordo, ouvindo a corneta de Manuel, que soava tênue ao lado deles. Harvey sonhou naquela noite com águas agitadas que soltavam vapores em torno do dóri, com as linhas de pescar que se perdiam no nada e com o ar que se confundia com o mar a dez pés de distância sob seus olhos cansados. Poucos dias depois, saiu com Manuel, foram até o ponto em que acreditavam ter uma profundidade de quarenta braças, mas esgotaram sua provisão de corda sem que a âncora encontrasse o fundo. Harvey se assustou, posto que havia perdido o último contato com a terra.

– O Abismo da Baleia! – disse Manuel, enquanto recolhia a âncora. – Uma pequena graça de Disko. Vamos!

E remou até a escuna, onde Tom Platt e os outros pescadores brincavam com seu capitão, pois, embora pela primeira vez, ele os conduzira à região estéril de grande profundidade chamada o Abismo da Baleia.

Através da neblina procuraram outro local onde ancorar. Desta vez, Harvey teve de sair com Manuel. Seus cabelos se eriçaram quando observou algo branco que se distinguia entre a neblina, e que se movia respirando, como faria um morto saindo da tumba, ao que se seguiu um bramido, o barulho de algo que submerge e um esguicho de água saltou pelo ar. Era a primeira vez que via o temido verão de icebergs: Harvey se entrincheirou no fundo do bote, enquanto Manuel ria. Havia dias claros e serenos, de temperatura agradável, em que seria um pecado fazer outra coisa senão folgar com as linhas de pesca e bater com os remos ao desfile dos peixes.

Havia dias de vento suave, nos quais ensinaram Harvey a manobrar o timão da escuna dum ponto de ancoragem a outro. Entusiasmou-se quando sentiu pela primeira vez que a quilha respondia à sua mão, que se apoiava nas barras e o veleiro deslizava entre os vales formados por ondas, enquanto o traquete se recortava como uma foice sobre o azul do céu. Era magnífico, apesar de Disko afirmar que uma serpente cortaria o lombo se tivesse de seguir seu rastro. Mas, como acontece em geral, o orgulho o cegou. Tinham o vento a seu favor e usavam a vela de estai; por sorte, uma que era velha. Harvey, querendo mostrar a Dan até que ponto dominava aquela arte, pressionou-a em demasia. O traquete saltou ruidosamente, como é natural, pois não respondia ao golpe pela presença do outro mastro maior. Entre um silêncio terrível, baixaram o eixo. Harvey dedicou muitas das suas horas livres ao aprendizado da agulha, sob a direção de Tom Platt, que o ensinou a consertar os panos. Dan gritou entusiasmado, pois, segundo disse, ele havia cometido o mesmo erro dos primeiros dias de seu aprendizado.

Como todos os jovens, Harvey imitava cada um dos pescadores, até que aprendeu a atitude peculiar de Disko no timão, o ritmo de Long Jack, quando tirava as redes, a maneira efetiva de remar de Manuel e o andar de Tom Platt no convés, ao estilo do velho Ohio.

– Gosto de ver como vale por si mesmo – disse Long Jack ao ver Harvey observar o mar, numa manhã de neblina densa. – Apostaria meu salário e minha parte que é algo mais do que desempenhar um papel. Acredita que já é um marinheiro nado e criado. E precavido, mesmo estando de costas.

– Assim começamos – disse Tom Platt. – Os jovens acreditam sempre, mesmo enganando a si mesmos, que já são homens até que morrem, desempenhando seu papel na farsa. Eu também fiz isso no velho Ohio. Quando me coube minha primeira guarda, estávamos no porto, acreditava que era melhor marinheiro que Farragut[*]. Dan tem as mesmas coisas na cabeça. Olha os dois, movendo-se como se fossem verdadeiros lobos do mar. Cada cabelo parece uma verga, cheio de alcatrão de Estocolmo – gritou depois, escadas abaixo. – Creio que, desta vez, embora seja mais do que um, errou em seu juízo, Disko. Por todos os diabos, o que te levou a pensar que esse garoto estava louco?

– Claro que estava – retorquiu Disko. – Tão louco quanto se estivesse preso num manicômio. Mas me atrevo a dizer que se curou. Eu o curei.

– Pelo menos mente bem – disse Tom Platt. – Noutra noite, nos contou algo sobre um jovem da sua idade que tinha e dirigia um coche puxado por quatro pôneis, em Toledo, Ohio, e que oferecia jantares a outros rapazes. De todas as maneiras, era uma história muito interessante. Conhece centenas delas.

– Creio que tira da sua cabeça – gritou Disko, já na parte inferior, onde estava ocupado com o diário de bordo. – Está claro que tudo isso são invenções. Não engana ninguém senão Dan, que ainda ri dele. Eu o ouvi pelas minhas costas.

– Alguma vez escutou o que disse Simon Peter Ca'honn, quando inventaram o casamento da sua irmã Hitty com Loring Jerauld e seus amigos brincavam com ele? – disse tio Salters, com voz lenta, a estibordo, onde estavam os botes.

Tom Platt fumava seu cachimbo, guardando silêncio; era do Cabo Cod e conhecia a história havia mais de vinte anos. O tio Salters prosseguiu rindo:

– Simon Peter Ca'honn disse sobre Loring Jerauld, e tinha toda razão do mundo, que "a metá da cidadi tá lôca e a outra também; e o pessoar dizia que ela tinha casado com homi rico".

---

* David Glasgow Farragut (1801-1870) foi um famoso almirante dos Estados Unidos que participou na batalha naval da Baía de Mobile, durante a Guerra Civil Americana. (N.T.)

Simon Peter Ca'honn não tinha cuidado com a língua e falava sempre dessa maneira.

– Pelo menos não falava em alemão da Pennsylvania* – retrucou Tom Platt. – Seria melhor deixar que alguma pessoa do cabo Cod contasse a história. Essa família, os Ca'honn, era cigana.

– Bom, não pretendo ser um orador – disse Salters. – Mas explico a moral da história. Isso é o que se passa com nosso Harvey. A metade da tripulação está toda louca, a outra metade também, e todos acreditam que ele é rico. Aí tem!

– Já pensou como seria bonito ter uma tripulação composta só por gente como tio Salters? – perguntou Long Jack. – A metade da tripulação seria uma porcaria, e a outra metade, um monte de esterco, como nos disse Ca'honn, e pensaria que ele pretende ser pescador!

A tripulação riu com discrição de tio Salters, pois era uma pessoa de respeito. Disko se calou, pois estava muito ocupado com o diário de bordo, que segurava com a enorme mão pesada como um machado. As páginas manchadas estavam repletas de anotações como as seguintes:

"17 de julho. Neblina espessa e pouco peixe. Nós nos dirigimos para Noroeste, lançando âncora. Assim termina o dia."

"18 de julho. Neblina espessa. Pouco peixe."

"19 de julho. Brisa de N.E.; bom tempo. Ancoramos a Oeste. Muito peixe."

"20 de julho. Domingo. Neblina e ventos ligeiros. Assim termina o dia. Total pescado esta semana: 3.478."

Nunca trabalhavam aos domingos, tomavam banho e se barbeavam, caso o tempo estivesse bom. Pennsylvania cantava hinos. Uma ou duas vezes sugeriu que, se não fosse problema, poderia pregar um pouco. O tio Salters quase se engasga ao ouvir

---

* Kipling faz referência ao fato de que os holandeses se estabeleceram no estado da Pennsylvania a partir de 1700. (N.T.)

falar isso. Recordou que não era pregador e que, por conseguinte, não devia pensar nessas coisas.

– Se deixarmos, na próxima vez lembrará Johnstown. O que acontecerá? – disse em forma de explicação.

Chegaram a um veredito, em virtude do qual Penn leria em voz alta o livro de Flávio José. Era um volume antigo, bem encadernado em couro, que cheirava a cem travessias, muito grosso e parecia uma Bíblia, mas enriquecido com relatos de batalhas e cidades. Leram-no quase do início ao fim. Além do mais, Penn falava muito pouco. Podia passar três dias sem pronunciar uma palavra, embora jogasse damas, ouvia as canções e ria das histórias. Quando tentavam fazê-lo falar, respondia:

– Não queria parecer grosseiro, mas é que não tenho nada a dizer. Sinto que minha cabeça está vazia. Quase esquecia meu nome – acrescentava, dirigindo-se ao tio Salters com um leve sorriso de expectação.

– Pois, Pennsylvania Pratt! – exclamava Salters. – A próxima vez será capaz de esquecer-se de mim.

– Não, isso nunca – asseverava Penn, apertando forte os lábios. – Claro, eu me chamo Pennsylvania Pratt – dizia, repetindo várias vezes o nome.

Outras vezes, era o tio Salters que se esquecia e lhe dizia que seu nome era Haskins, Rich ou M'Vitty, e Penn ficava bem contente... até a próxima oportunidade.

Era sempre bom com Harvey, por quem sentia muita pena, tanto por ter se perdido quanto por estar louco. Quando Salters compreendeu que Penn gostava do jovem, respirou feliz. Salters não era muito amável com os jovens (acreditava que era seu dever mantê-los na linha). A primeira vez que Harvey, cheio de medo, precisou subir no mastro maior num dia de calmaria (Dan estava atrás dele para ajudá-lo, caso fosse preciso), considerou seu dever pendurar as botas de água de Salters, um sinal de vergonha e brincadeira para o veleiro mais próximo que pudesse ver isso. Com Disko, Harvey não tinha nenhuma liberdade. O capitão o tratava como ao restante da tripulação, dizendo-lhe: "Não acredita ser conveniente fazer isso ou aquilo?" ou "Me parece que seria melhor...". Havia algo naqueles lábios desenhados com cuidado e nos enrugados contornos dos olhos que acalmava logo qualquer ímpeto juvenil.

Disko lhe ensinou os mistérios daquela carta de navegação usada e amassada que, segundo ele, superava qualquer publicação oficial. Com o lápis na mão, conduziu-o de ancoragem em ancoragem por toda a sucessão dos grandes bancos: Le Have, Western, Banquereau, St. Pierre, Green e Grand, falando com a "voz de bacalhau". Também lhe ensinou o princípio em que se baseava o "jugo de porco".

Harvey suplantava Dan nesse quesito, pois seu cérebro herdara o dom dos números; gostou logo da ideia de obter informações mediante um só olhar ao grande recife soturno. Sobre os outros aspectos da vida marinheira, sua idade era um impedimento sério. Como dizia Disko, devia ter começado quando tinha dez anos. Dan podia colocar a isca na rede ou encontrar qualquer mastro na escuridão. Com as mãos presas, o tio Salters podia salgar às cegas. Manobrar o timão em qualquer tipo de clima, desde uma tormenta até a brisa que acariciasse o rosto, levando com a mão suave o We're Here ao ponto que se propunha. Fazia todas essas coisas de maneira tão automática como encontrar seu caminho entre o aparelho ou submeter o bote à sua vontade. Mas não podia explicar todo esse conhecimento a Harvey.

Contudo, restavam muitas coisas de informação geral que se ouviam na escuna nos dias de tempestade, quando se fechavam no casario ou permaneciam sentados nos caixotes do camarote, enquanto se percebia o barulho do aparelho e do cordame nos momentos de silêncio. Disko falava das viagens dos baleeiros nos anos cinquenta do século 19, da caça às enormes baleias, nadando com suas crias ao lado, da agonia mortal nos mares escuros e ondulantes, e do sangue que saltava dez metros no ar, de botes reduzidos a nada, de arpões com foguetes que funcionavam mal e voltavam atingindo a própria tripulação, das operações de reconhecimento da carne e da gordura da baleia, daquela terrível nevasca do ano de 71*, quando 1.200 homens ficaram três dias à deriva sobre gelos flutuantes. Todas histórias maravilhosas... e verdadeiras. Mas os relatos sobre bacalhau eram muitos, e como discutiam e refletiam sobre os assuntos privados lá embaixo, na quilha.

Os gostos de Long Jack tendiam para o sobrenatural. Deixava-os em suspense, quando falava sobre as aparições que enganam e aterrorizam os solitários pescadores de conchas da baía de Monomoy, com berros de Uhhuuu!, e espíritos errantes das dunas que não foram enterrados de forma correta, dos tesouros escondidos na ilha Fire por homens do capitão Kidd, de barcos que navegam na névoa da baía do Maine, onde barco algum, exceto um estranho, conseguirá lançar âncora duas vezes no mesmo local, porque, ao soar da meia-noite, uma tripulação de mortos se aproxima com a âncora na popa do seu barco de modelo antigo, uivando; não, chamando pela alma daquele que despertou seu repouso.

Harvey acreditava que a costa da sua terra natal, o sul de Mount Desert, era povoada por pessoas que levavam seus cavalos para cavalgar por ali e os convidava a passar o verão lá, em casas de campo com chão de madeira e móveis Vantine Portières. Ele ria daquelas histórias de fantasmas, embora não tanto

---

* Referência ao acidente causado por mau tempo, em 1871, quando 19 barcos naufragaram, ceifando a vida de 140 marinheiros. (N.T.)

quanto fizera um mês antes, mas terminava por ouvir sentado e trêmulo.

Tom Platt narrava sobre sua interminável viagem em redor do cabo Horn, no velho Ohio, numa época em que chicoteavam os marinheiros, os quais desapareceram por completo, como animais extintos, liquidados durante a guerra civil. Contou como se carregava um canhão, como fazia barulho e a fumaça de algo que arde quando a bala atinge a madeira, como os grumetes do Miss Jim Buck corriam trazendo baldes de água para apagar o fogo. Narrava episódios do bloqueio, as longas semanas ancorados à espera, durante as quais as únicas alterações eram a entrada e a saída dos barcos que haviam esgotado sua provisão de carvão (os veleiros não tinham esse problema); falava sobre o frio, que tinha duzentos homens ocupados noite e dia, tirando o gelo dos cabos e do aparelho, enquanto no fogão reinava uma temperatura tão alta quanto um tiro de canhão, e a tripulação bebia chocolate aos cântaros. Tom Platt não gostava das embarcações a vapor. Seu trabalho acabou quando a introdução do vapor nos barcos era algo relativamente novo. Reconhecia que era uma invenção que demonstrava certa inteligência de parte dos construtores, tinha suas vantagens em tempos de paz, mas aguardava para ver o dia em que surgissem fragatas de dez mil toneladas, com mastros de seis metros de altura.

Manuel falava devagar e de forma educada sobre as belas jovens da ilha da Madeira, que lavam a roupa nos córregos da ilha, à luz da lua, sob as bananeiras. Relatava lendas de santos e histórias estranhas de bailes ou de lutas nos portos da Terra Nova.

Salters se referia, em particular, à agricultura, pois lia a revista *Joseph* e a comentava, sua missão em vida era demonstrar o valor dos fertilizantes orgânicos, em especial do trevo sobre qualquer preparado de fosfatos. Quando tratava desse assunto, chegava a insultar. Pegava do seu beliche livros de Orange Judd, todos empoeirados, e lia sobre o tema, assinalando com o dedo para Harvey, para quem todo assunto era algo como ouvir um discurso em grego. Penn se angustiou quando Harvey zombou das conversas de Salters, e o jovem decidiu não se opor e sofrer em silêncio. Isso foi muito positivo para Harvey.

Como é natural, o cozinheiro não se misturava nessas conversas. Em geral, falava quando era necessário, embora algumas vezes parecesse adquirir o súbito dom das línguas, e discorria a cada instante, metade em galês, metade em inglês. Era comunicativo com os jovens; nunca se retratou da sua profecia, conforme pressagiara, de que um dia Harvey seria o chefe de Dan, e viveria para ver isso. Contava como o correio era transportado no inverno, para além do cabo Bretão, do trenó puxado por cães que ia até Coudray, do rompe-gelo Arctic, que estabelecia a comunicação entre o continente e a ilha de Príncipe Edward. Falava sobre histórias que sua mãe lhe contara da vida no distante Sul, onde as águas nunca gelam. Dizia-lhes que, quando morresse, sua alma repousaria numa daquelas brancas praias ensolaradas onde crescem palmeiras. Os jovens pensavam que era a ideia extravagante de um homem que nunca vira essa árvore. Na hora da comida, perguntava a Harvey, e só a ele, se gostava do que cozinhava, o que fazia sempre rir às gargalhadas o segundo turno. Contudo, todos respeitavam muito o juízo do cozinheiro, no fundo dos seus corações, e consideravam Harvey um mascote.

Enquanto Harvey acumulava conhecimentos sobre coisas novas por todos os poros do seu corpo e adquiria uma saúde de ferro em cada sopro de ar, o We're Here seguia seu percurso e resolvia seus problemas no recife, e um monte de pescado cinza-prateado crescia nos porões. Nenhum dos dias de trabalho tinha algo de extraordinário, acumulando-se uns sobre os outros.

Como é óbvio, seus vizinhos os vigiavam de perto, pois havia um homem com a reputação de Disko (Dan dizia que o espionavam). Contudo, o capitão sabia como se desvencilhar através da neblina densa. Disko evitava a sua companhia, por duas razões. Em primeiro lugar, queria fazer suas experiências. Em segundo, não gostava daquelas reuniões *sui generis*, quando barcos de todas as nações se reuniam. A maioria era oriunda de Gloucester, mas havia de Provincetown, Harwich, Chatham e de outros portos do Maine, e as tripulações eram compostas por gente sabe Deus de onde. O risco engendra a indiferença e se une ao desejo de ganância. Existem muitas oportunidades para qualquer acidente na frota lotada de pesqueiros que se amontoa, tal como um rebanho de ovelhas, em redor de algum chefe impossível de reconhecer.

– Deixem que os Jerauld os conduzam – disse Disko. – Teremos de ancorar durante algum tempo nos recifes do Leste. Se a sorte nos ajudar, não será por muito tempo. Ouve, Harvey, o fundo sobre o qual estamos não é de maneira alguma bom pra pesca.

– Não? – perguntou Harvey, que estava tirando água (acabara de aprender a mover o balde de forma acelerada), depois de ter dedicado muito tempo à salga. – Se é assim, não me importaria estar sobre um fundo ruim, quanto mais não seja para mudar.

– O fundo que eu quero ver é o Eastern Point – disse Dan. – Ouve, pai, parece-me que não teremos de ficar mais do que duas semanas nos recifes. Lá encontrará toda companhia de que precisa, Harvey. Então trabalharemos de verdade. Ninguém come no tempo estipulado. Vai fazer isso quando tiver fome e dormir quando não conseguir ficar acordado. Foi uma sorte te pescarmos há um mês ou não teríamos tempo de te ensinar tudo o que deve saber pra o que nos aguarda na Virgem Velha.

Da *Carta* de Eldridge, Harvey compreendeu que a Virgem Velha era um conjunto de bancos de areia aos quais os pescadores deram nomes curiosos, o ponto crucial da faina é ali, e, com sorte, usariam o sal que lhes restara. Harvey achou estranho que Disko pudesse encontrar aquele lugar com a ajuda do "jugo de porco" e da sonda, pois era só um ponto na carta. Mais tarde entendeu que Disko conseguia isso e muitas outras coisas, até podia ajudar outros pescadores. Na cabine estava pendurada uma grande lousa de 1,20 x 1,50 metro, cujo uso Harvey não entendeu até que, após alguns dias nevoentos, ouviram o som de uma sirene movida a pedal, cujas notas eram tão melodiosas como a tosse de um elefante que padecesse de tuberculose.

Fundearam um momento e se moviam, arrastando a âncora, para não perder tempo, quando ouviram a sirene.

– Parece um veleiro com aparelho em cruz, vociferando sua latitude – disse Long Jack.

Entre os turbilhões de névoa surgiram as velas dianteiras, vermelhas e gotejantes, quando o We're Here fez soar três vezes seu sino, utilizando o código de sinais marítimos.

A outra embarcação, que era maior, recolheu seus panos, entre gritos e exclamações.

– Franceses – disse o tio Salters com raiva. – Um buque de Miquelon, Saint Malo – acrescentou o lavrador, que tinha muito bom olho no mar. – Fiquei sem tabaco, também, Disko.

– Eu também – disse Platt. – Eh! *Backez-vous! Backez-vous! Standez, awayez!* Tu, mucho bono. De onde vens? Saint Malo? Eh?

– Ah, ah! Mucho bono! *Oui, oui,* Clos Poulet, St. Malo, Saint Pierre e Miquelon – gritaram os pescadores do outro veleiro, agitando os gorros de lã e rindo. Depois todos em coro:

– Lousa, lousa!

– Traz a lousa, Danny. O que me estranha é como esses franceses conseguem pescar alguma coisa, se não fosse a ajuda americana.

Dan escreveu com giz as cifras na lousa e pendurou-a no mastro maior, ao que se seguiu um coro de *mercis* da outra embarcação.

– Parece muito pouco amistoso deixá-los irem assim, sem pagar sua dívida – observou Salters, tateando o dinheiro que tinha no bolso.

– Aprendeu francês, desde a última viagem? – perguntou Disko. – Não necessito de mais lastro do que já tenho a bordo e não quero que os chame de "marinheiros porcos" de Miquelon, como já fez em Le Have.

– Harmon Rusch me disse que era a maneira de os acarinhar um pouco. O inglês simples dos Estados Unidos me basta. Temos pouco tabaco. Ouve, garoto, fala francês?

– Claro! – disse Harvey com audácia e articulou:

– Ei, ouçam! *Arretez-vous. Attendez. Nous sommes venant pour tabac!*

– Ah!, *tabac, tabac* – gritaram os franceses e riram mais uma vez.

– Isso os entusiasmou. Vamos baixar um dóri – disse Tom Platt. – Não tenho nenhum certificado dos meus estudos de francês, mas conheço outro dialeto que, creio, servirá. Vamos, Harvey, será o intérprete.

A confusão que se produziu a bordo do barco francês, quando os dois tripulantes do We're Here chegaram, foi indescritível. A cabine estava coberta de estampas da Virgem da Terra Nova, como a chamam. Harvey comprovou que seus conhecimentos de francês não serviam no banco, pelo que sua conversa se limitou ao balancear de cabeças e gestos. Tom Platt mexia os braços e se entendia à perfeição. O capitão lhe deu para beber um gim, que seria impossível de classificar entre as bebidas conhecidas, e depois aquela tripulação de ópera cômica, com seus gorros vermelhos e punhais no cinto, o saudou como se fosse um irmão.

Então começaram a negociar. Tinham muito tabaco americano, que nunca pagava direitos na França. Precisavam de chocolate e biscoitos. Harvey voltou ao We're Here para acertar o assunto com o cozinheiro e Disko, que era o dono das provisões; na volta, ao lado do timão da embarcação francesa, contaram as latas de chocolate e os sacos de biscoitos. Dir-se-ia que era um grupo de piratas dividindo a pilhagem.

Tom Platt regressou carregado de fumo de corda e rolos de tabaco para mascar e fumar. Então, os jovens marinheiros se perderam na névoa. A última coisa que Harvey ouviu foi um coro alegre.

Par derrière chez ma tante[*]
Il y a un bois joli,
Et le rossignol chante
Et le jouret la nuit.
Que donneriez-vous, belle,
Qui l'aménerait ici?
Je donnerai Québec,
Sorel et Saint-Denis.
(Atrás da casa de minha tia,
Há um belo bosque
Onde canta um rouxinol
noite e dia.
Minha linda, o quanto daria
A quem o trouxesse aqui.
Daria o Quebec,
Sorel e Saint-Denis)

– Por que será que esses marinheiros não me entenderam quando falei francês, mas compreenderam você, que fazia

* Versão canadense de uma música francesa da época das guerras do início do século XVIII. (N.T.)

apenas gestos? – perguntou Harvey, após distribuir a permuta entre os tripulantes.

– Linguagem de sinais – disse Tom Platt, com uma risadinha.

– Bom, era mais ou menos algo assim, mas muito mais antigo do que o francês que conhece, Harvey. Essas embarcações francesas estão cheias de maçons. É essa a razão.

– Então és franco-maçom?

– Parece que sim, não acredita? – disse o marinheiro do barco de guerra fumando seu cachimbo, e Harvey teve outro dos mistérios de alto-mar sobre o qual refletir.

CAPÍTULO VI

O QUE HARVEY MAIS ESTRANHAVA era a maneira despreocupada com que algumas embarcações vagavam pelo Atlântico. Conforme dizia Dan, as de pesca dependiam, como é natural, da cortesia e sabedoria dos seus vizinhos, mas era de se esperar que os barcos a vapor fossem melhores do que isso. Tal ocorreu após outro interessante encontro, quando foram perseguidos por um barco velho e de grandes dimensões, numa distância de quase cinco quilômetros, que se dedicava ao transporte de gado, com o convés coberto por construções de madeira onde ficavam os animais, e que fedia como mil estábulos juntos. Um oficial muito ansioso gritou no alto-falante enquanto o barco detinha a marcha, até que Disko, direcionando o We're Here a sota-vento, falou umas verdades ao capitão.

– Onde pensa que estão? Não merecem estar em parte alguma. Vocês, marinheiros de galinheiro, navegam sujando as rotas do alto-mar sem ter a maldita da consideração com os vizinhos, têm os olhos numa caneca de café, em vez das cabeças tontas de vocês.

Ao ouvir isso, o capitão da embarcação de gado se mexeu no convés como se tivesse sido picado por uma tarântula, e disse algo sobre os olhos de Disko:

– Há três dias não conseguimos situar nossa posição. Pensa que podemos seguir nossa rota às cegas?

– Eu consigo – respondeu Disko. – O que diz a sonda de vocês? Não conseguem rastrear o fundo ou é a porcaria do gado que não deixa?

– Eles se alimentam de quê? – perguntou o tio Salters, com invulgar seriedade, pois o cheiro a estábulo despertara tudo o que o lavrador tinha. – Dizem que perdem peso durante a viagem. Não sei, não é da minha conta, mas ouvi dizer que com bolo de polvilho e óleo...

– Raios! – exclamou um dos lavradores da outra embarcação, que estava vestido de jérsei vermelho. – De que manicômio deixaram escapar essa barba?

– Jovem – acrescentou o tio Salters, colocando-se de pé diante dos aparelhos da proa –, permita-me dizer-lhes que prossiga e...

O oficial que estava no convés da outra embarcação o interrompeu:

– Desculpe-me – enfatizou –, desejo conhecer minha localização. Se essa pessoa de passatempos agrícolas fizesse o favor de se calar, o molusco de olhos verdes talvez condescendesse a me indicar.

– Você me colocou no ridículo, Salters – disse Disko, aborrecido.

Não podia suportar aquela maneira de falar, por isso informou a longitude e a latitude sem cerimônias.

– É um carregamento de lunáticos! – protestou o capitão da outra embarcação, dirigindo-se à casa das máquinas e jogando um pacote de jornais na direção do We're Here.

– De todos os malditos loucos que conheci, Salters, tu e a tripulação desse barco são os piores que vi – disse Disko, enquanto afastava o We're Here daquele ponto. – Estava dando minha opinião sobre estes marinheiros que andam nestas águas, como criança que perdeu a babá, e aí tens que te meter com essas histórias de lavoura. Não consegue separar as coisas?

Harvey, Dan e os outros se mantiveram afastados da discussão, fazendo sinais entre eles e se divertindo.

Disko e Salters discutiram seriamente até a noite. Salters defendia que um barco vocacionado ao transporte de gado era quase um curral flutuante. Disko insistia que, embora assim fosse, a decência e o orgulho de um pescador exigiam que se mantivessem "ambas as coisas separadas". Long Jack permaneceu em silêncio por algum tempo (um capitão aborrecido equivale a uma tripulação desgraçada), mas não se segurou durante a refeição.

– Para que se preocupar com o que vão dizer? – disse.

– Vão contar essa história por muito tempo.

– Basta com isso – exclamou Disko. – Bolo de polvilho e óleo!

– Com uma pitada de sal, é lógico – disse Salters, impenitente, levantando o olhar da seção de agricultura de um jornal velho de Nova Iorque.

– Fere todos os meus princípios – prosseguiu o capitão.

– Não sei por quê – disse Long Jack, que havia proposto fazer as pazes. – Ouve, Disko, pode haver alguma embarcação que, nesta época, com este tempo, encontrando um transporte, além de lhe dar a posição, observa que falo ainda mais, teria deixado de iniciar uma conversa com eles sobre o manejo do gado, com um mar como o que temos? Esquece! Claro que eles não o fariam. Foi a conversa mais rápida que alguma vez ouvi. Nós pontuamos um tanto por partida dupla.

Dan deu um pontapé em Harvey por baixo da mesa, e este ocultou a cara na caneca.

– Bom – continuou Salters, que sentia sua honra salva, pelo menos em certa medida. – Já disse que não sabia se era assunto meu antes de começar a falar.

– É isso – assentiu Tom Platt, homem experimentado em questões de disciplina e etiqueta. – Aí devia ter feito ele calar, Disko, se pensava que a conversa poderia provocar alguma situação inconveniente.

– Claro, agora compreendo, mas não o fiz – disse Disko, que via ante si uma retirada honrosa para a sua dignidade.

– Evidente que é assim – disse Salters. – Por isso é o capitão. Eu teria calado ante uma simples indicação sua, não por estar convencido nem por outra coisa, mas pra dar um exemplo a estes dois malditos jovens.

– Não disse, Harvey, que antes que terminasse essa bagunça iam meter a gente nela? Sempre os malditos jovens! Pois eu, apesar de tudo, não tinha me perdido nesse espetáculo de circo pela metade da jornada – sussurrou Dan.

– Mas se deve manter sempre as coisas separadas – disse Disko, enquanto Salters acendia o cachimbo, em que colocara fumo cortado bem fino, assumindo uma expressão como se quisesse continuar discutindo.

– É uma virtude e uma vantagem manter as coisas em seu lugar – afirmou Long Jack, que tentava acalmar a tormenta. – Isso é o que Steyning encontrou, da firma Steyning & Hare, quando confiou nas ordens de Morilla D. Kuhn a Counahan, em vez de no capitão Newton, que padecia de reumatismo inflamatório, por isso não podia embarcar. Nós o chamávamos de Counahan, o navegante.

– Nick Counahan nunca embarcou, nem sequer uma noite, sem levar um barril de rum – disse Platt, tratando de ajudar Long Jack em sua tentativa de desviar a conversa. – Tinha o costume de perder tempo rondando pelas oficinas dos armadores de Boston, pedindo que o nomeassem capitão de um rebocador por sua cara linda. Sam Coy, do Atlantic Avenue, convencido das suas histórias, deu-lhe de comer durante mais de um ano. Counahan, o navegante! Creio que morreu há quinze anos, não?

– Acho que são dezessete. Faleceu quando construía o Caspar McVeagh. Nunca conseguiu manter as coisas separadas. Steyning lhe confiou o comando pela mesma razão segundo a qual o ladrão rouba um fogão aceso: não havia outra coisa à mão. Todos estavam no banco. Counahan reuniu uma tripulação como jamais se vira, aos trancos e barrancos. E o rum! O Marília podia flutuar no que tinham a bordo. Saíram da baía de Boston com vento noroeste, toda a tripulação muito ocupada manejando a torneira do barril. Acho que Deus teve misericórdia deles, pois se fosse pela guarda e as manobras que ninguém daquela tripulação fez, até que viram o fundo daquele barril de quinze galões... demoraram uma semana para conseguir, segundo se lembrava Counahan. Se eu pudesse contar como ele fazia! Entretanto, o vento seguia soprando, e o Marília, que tinha envergado a genoa, pois era verão, navegava a toda velocidade. Então Counahan, com mais medo do que vergonha, pegou o quadrante e entre o que tirou a limpo, a carta e as coisas que tinha na cabeça, imaginou que estava ao sul da ilha de Sable. Abriram outro barril e deixaram de pensar no rumo nos dias seguintes. O Marília estava adernando de um lado quando saiu da baía de Boston, e até então não se levantara, velejando sempre assim. A tripulação estranhou que não divisassem algas, albatrozes ou veleiros, então se conscientizaram de que havia quinze dias navegavam, e começaram a acreditar que o banco suspendera os pagamentos. Lançaram a sonda e mediram sessenta braças de profundidade.

– "Esse sou eu!", exclamou Counahan. "Esse sou eu, como sempre! Trouxe-os como por trilhos até o banco, algo especial pra vocês. Se tivermos trinta braças, o negócio está feito. Por isso me chamam Counahan, o navegante". Lançaram outra vez a sonda e verificaram que o fundo estava a noventa braças. Ao ouvir isso, Counahan disse que ou a corda se esticara ou o fundo do banco havia aumentado. Recolheram a corda e a dispuseram no convés para contar os nós e desemaranhá-la. O Marília mantinha a velocidade e a direção com que saíra de Boston, até divisarem um vapor mercante, e Counahan falou com os tripulantes. "Viram algum barco pesqueiro?", perguntou despreocupado. "Há muitos na costa irlandesa", responderam do vapor. "Vão passear!", exclamou Counahan, "O que tenho a ver com a costa irlandesa?". "Então o que faz aqui?", perguntou o capitão da outra embarcação. "Pela dolorosa cristandade!", exclamou Counahan. Sempre dizia isso quando lhe faltava fôlego e não se sentia bem. "Pela dolorosa cristandade! Onde estou?". "Trinta e cinco milhas a oeste-sudoeste do cabo Clear", disse alguém do vapor mercante, "se isso serve de consolação". Counahan deu um salto de quase um metro e meio, segundo mediu o cozinheiro. "Que alívio!", exclamou Counahan sem se comover. "Sabe com quem está falando? Trinta e cinco milhas do cabo Clear, depois de sair de Boston! Pela cristandade dolorosa! É um recorde! Agora que me lembro, minha mãe vive em Skibbereen".

– Imagina, que lamentável! Mas já se vê o que acontece ao não manter as coisas separadas. A tripulação se compunha na maior parte de marinheiros de Cork e de Kerry, exceto um ianque de Maryland, que queria voltar, mas todos disseram que aquilo era motim e seguiram no Marília até Skibbereen. Durante uma semana, passearam muito, visitando conhecidos dos arredores e da velha comarca. Demoraram 23 dias a chegar aos bancos. Quando aportaram lá, a temporada terminara e Counahan regressou a Boston, sem se meter noutra aventura.

– E a companhia, disse o quê? – perguntou Harvey.

– O que podiam dizer? O bacalhau seguia no banco, e Counahan estava no cais falando do tempo recorde que levou para atravessar o Atlântico. Contentaram-se com isso. Tudo aconteceu, em primeiro lugar, por não ter separado a tripulação do rum. Em segundo lugar, por não manter a distância conveniente entre Skibbereen e Queereau. Que a alma de Counahan, o navegante, descanse em paz!

– Uma vez, eu navegava no Lucy Holmes – disse Manuel calmamente. – Em Gloucester, ninguém queria o pescado desse barco, por isso atravessamos o mar pra tentar vender a algum homem do Faial, nos Açores, Portugal. Veio uma tormenta e não conseguíamos ver bem. Piorou e seguimos pro Sul, em grande velocidade, ninguém sabia pra onde. De repente, divisamos terra, e a temperatura começou a subir. Surgiram dois ou três negros num dóri. Nós lhe perguntamos onde estávamos... Bom, onde pensam que estão?

– Gran Canária – disse Disko após um momento. Manuel balançou a cabeça sorrindo.

– Blanco – aventurou-se Tom Platt.

– Não, muito pior que isso. Estávamos além de Bezagos. Aquele dóri era da Libéria. Vendemos o peixe ali. Não foi mal, hein?

– Essa escuna poderia ir até a África? – perguntou Harvey.

– Poderia dar a volta ao cabo Horn, se houvesse algo ali que valesse a pena ir buscar e a despensa aguentasse – disse Disko. – Meu pai levou seu barco de cinquenta toneladas, creio que se chamava Rupert, até as montanhas de gelo da Groenlândia, quando a metade da nossa frota perseguia o bacalhau. E mais ainda, levara sua mulher, suponho que para lhe mostrar como ganhava o pão. Nasci na ilha de Disko. Claro está que não me lembro de nada. Voltamos quando o gelo cedeu na primavera e me batizaram com o nome daquele lugar. Acho que foi um erro colocar esse nome num bebê, mas todos cometemos erros na vida.

– Claro, claro! – exclamou o tio Salters, balançando a cabeça em sinal de aprovação. – Todos podemos cometer erros.

E digo agora a vocês dois que, após praticar um erro, e não baixar de cem ao dia, o melhor a fazer é reconhecer o erro como um homem.

Long Jack piscou para todos, menos a Disko e Salters, e o assunto se deu por encerrado.

Eles se dirigiram para o Norte, ancorando em diversos pontos, os botes saindo todos os dias; percorreram o extremo Leste do grande banco, a uma profundidade de trinta ou quarenta braças, sem nunca deixar de pescar. Foi aí que Harvey pela primeira vez encontrou lulas, uma das melhores iscas da pesca de bacalhau, mas esse animal é muito temperamental. Numa noite escura, os gritos de "lulas!" do tio Salters tiraram todos dos seus leitos. Uma hora e meia depois, os tripulantes ainda estavam ocupados em pescar com uma armadilha especial, que consistia numa peça de chumbo pintado de vermelho e armada num dos extremos com varinhas curvadas para dentro, como as de um guarda-chuva meio aberto. Por alguma razão desconhecida, a lula gosta dessa rede e entra nela; e o pescador a iça antes que possa sair. Mas, quando se vê presa, lança jatos de água e enche de tinta a cara do seu captor.

Era um espetáculo curioso ver como os pescadores moviam a cabeça de um lado para o outro, esquivando-se do disparo. Quando acabou aquela azáfama, todos estavam tão negros como um limpa-chaminés, mas no convés havia um monte de lulas frescas. O bacalhau grande gosta de tentáculos de lula e conchas na ponta do anzol.

No dia seguinte, pescaram muito e encontraram o Carrie Pitman, a quem contaram aos gritos sobre sua sorte. A tripulação do outro barco quis negociar: sete bacalhaus por uma lula de bom tamanho, mas Disko não estava de acordo com a troca, então Carrie Pitman se afastou aborrecido, lançando âncora a meia milha, esperando encontrar lulas.

Disko não falou até depois da refeição. Ordenou então a Dan e Manuel que fixassem com uma baliza o cabo do We're Here e disse que ia dormir com o machado preparado.

Como é natural, Dan repetiu essas observações aos tripulantes de um dos botes do Carrie Pitman; queriam saber para que colocaram balizas, pois o fundo era rochoso.

– Meu pai diz que nem com um ferry se aproximaria cinco milhas de vocês – retrucou Dan, feliz.

– Por que não se vão daqui? Alguém está impedindo vocês? – responderam do outro dóri.

– Por que acabam de nos colocar a sota-vento e meu pai não suporta isso de ninguém, muito menos de uma casca de ovo como vocês que andam à deriva perto dele.

– Ninguém está à deriva dessa vez – disse zangado um pescador, pois o Carrie Pitman tinha a desagradável reputação de romper as correntes das âncoras.

– Por que ancoraram então? – perguntou Dan. – É o melhor que fazem quando navegam. E se não estão à deriva, para quê, por todos os diabos, têm um novo mastro e vela?

Essa observação ficou em branco.

– Ei, tu, portuga coça-saco, leva seu macaco de volta pra Gloucester! E tu, Dan Troop, vai estudar! – foi a resposta.

– Macacão, macacão! – berrou Dan, pois sabia que um dos tripulantes do Carrie Pitman havia trabalhado numa fábrica de macacões durante o inverno.

– Camarão! Camarão de Gloucester! Vai já pra tua terra, *novy!*

Chamar de "*novy*" um homem de Gloucester, como se fosse da Nova Escócia, é um insulto. Dan respondeu como mereciam.

– *Novy* és tu, escória de Scrabble! Lixo de Chatham! Mete teu barco na bunda!

Os contendores se separaram depois da refrega, com grave perda de prestígio para Chatham.

– Já sabia que ia acontecer – disse Disko. – O vento parou. Alguém deveria ter impedido que esse barco abandonasse o cais. Vão roncar até meia-noite; quando estivermos no melhor dos sonos, começará a deriva. Por sorte não estamos rodeados de pesqueiros. Mas vão levar âncoras só por Chatham. É possível que aguente.

O vento, que havia amainado um pouco, aumentou a velocidade ao pôr do sol e soprou sem parar. O mar não se movia sequer para molestar um bote de pesca, mas o Carrie Pitman tinha suas próprias leis. Quando acabou a guarda dos dois grumetes, ouviram que a bordo do Carrie Pitman se fazia um crack-crack-crack, como aquelas pistolas antigas que carregavam pela boca.

– Glória, glória, aleluia! – exclamou Dan. – Aí vem meu pai, pela popa, sonâmbulo, fez o mesmo em Queereau.

Se fosse outra embarcação, Disko correria o risco, mas, tratando-se do Carrie Pitman, mandou cortar o cabo, enquanto este, com todo o vento do Atlântico Norte atrás, aproximava-se adernando. O We're Here, com a vela dobrada, não lhe deu mais espaço que o necessário, pois Disko não queria passar uma semana buscando o cabo, embora se colocasse em direção favorável ao vento. Carrie passava silencioso e como que aborrecido, à mercê das correntes e ventos do banco.

– Boa noite – disse Disko, tirando o gorro. – Que tal vai a horta?

– Vai pra Ohio e aluga uma mula – disse Salters. – Não queremos lavradores por aqui.

– Querem a âncora do meu dóri? – gritou Long Jack.

– Tirem o timão e joguem na lama – exclamou Tom Platt.

– Ouçam! – gritou Dan, com voz aguda e alta, de pé, ao lado do timão. – Estão de férias na fábrica de macacões? Ou empregam agora mulheres no lugar de vocês?

– Afrouxem os cabos do timão e prendam no fundo – gritou Harvey.

Essa era uma piada de pescador, cheia de sal marinho, que lhe ensinara Tom Platt.

Manuel se inclinou sobre a popa e moveu o polegar, fazendo um gesto de desprezo, e ao mesmo tempo gritava:

– Johanna Morgan toca órgão. Ahaah! Aquele homenzinho se cobriu de glória, gritando com vozinha de falsete.

– Virem um pouco à direita! Venham aqui! Hã!

Naquela noite, navegaram sobre a corrente da âncora, Harvey viu que era incômodo e desagradável. Perderam quase toda a manhã para encontrar o cabo. Mas os jovens concordavam que o trabalho era um preço baixo, se comparado ao triunfo e à glória. Com orgulho, pensaram muitas outras coisas que poderiam ter dito à tripulação perplexa do Carrie.

CAPÍTULO VII

No dia seguinte, depararam-se com outros veleiros que singravam do Nordeste para Oeste, sem pressa. Mas quando esperavam encontrar os bancos da Virgem, a neblina se fechou sobre eles. Ancoraram cercados pelo badalo de sinos invisíveis. Não se pescava grande coisa; às vezes, um bote de uma das embarcações encontrava outro, e as respectivas tripulações trocavam informações.

Naquela tarde, um pouco antes do crepúsculo, Dan e Harvey, que tinham dormido o dia inteiro, saíram dos seus beliches com o intuito de "pescar" pastéis fritos. Não havia nenhuma razão para não fazer, pois assim tinha mais gosto e importunavam o cozinheiro. O calor e o cheiro da cabine fizeram com que subissem ao convés, onde Disko tocava o sino, ocupação de que, em seguida, encarregou Harvey.

– Continua tocando – disse. – Creio que ouvi algo. Se é que vale a pena, convém que permaneça onde possa fazer falta.

O sino soava leve, o som parecia se perder na neblina espessa; entre as pausas Harvey ouvia o grito apagado da sirene de um cruzeiro e sabia o bastante sobre o banco para entender o que isso significava. Com impressionante nitidez, viu-se como um jovem vestido com uma roupa de cor cereja (desprezava agora os casacos elegantes, com todo sentimento de que é capaz um marinheiro), ignorante e encrenqueiro, que certa vez disse que seria "genial" um transatlântico abalroar um pesqueiro. Aquele garoto tinha um camarote de luxo, com banheiro, água quente e fria, demorava dez minutos a se decidir sobre os pratos que comeria, escolhendo-os de um menu impresso com bordas douradas. Aquele jovem, não, seu irmão mais velho, levantava-se às quatro da manhã, quando ainda não amanhecera, vestia uma roupa encharcada e áspera e começava a tocar o sino, do qual dependiam muitas vidas. Um sino muito menor do que o usado pelo camareiro principal do transatlântico para anunciar que era hora das refeições, enquanto, a pouca distância, a proa de ferro de dez metros de largura cortava as águas numa velocidade de vinte milhas por hora. O que mais o amargurava era pensar que naquele vapor dormia gente em camarotes secos e atapetados, pessoas que nunca saberiam que teriam massacrado a tripulação de uma escuna de pescadores antes do café da manhã.

Harvey seguia tangendo o sino.

– Claro, diminuíram a velocidade. Baixaram a uma volta o número de giros da hélice – disse Dan, soprando o instrumento de Manuel. – Assim eles se mantêm dentro da lei, o que será um consolo pra nós quando estivermos no fundo do mar. Escuta!

"AuuuHuuhuu!", uivava a sirene.

"Ding, dang, dong", fazia o sino.

"Criiiii uuuhh", rugia a buzina, enquanto o mar e o céu se mesclavam numa névoa leitosa.

Naquele momento, Harvey percebeu que estavam perto de um corpo em movimento. Levantou o olhar e no alto distinguiu o que parecia ser uma ladeira de rocha molhada, disposta a se chocar com a escuna. Uma bela linha de ondas se encaracolava diante dela, e, quando pôde ver melhor, observou a longa coluna de números romanos: XV, XVI, XVII, XVIII etc. pintados sobre uma superfície cintilante de cor salmão. Um ruído sibilante o ladeava.

A escala desapareceu; atravessou como um raio a linha de olhos bordejados por círculos de bronze; sobre as mãos de Harvey, erguidas num gesto de desesperança, passou um jato de vapor; ao longo da borda do We're Here, uma onda de água quente correu veloz; a pequena escuna se moveu para todos os lados nas águas agitadas pelos movimentos da hélice, enquanto a popa do vapor desaparecia na névoa. Harvey estava a ponto de desmaiar, de ficar subitamente enfermo ou as duas coisas, quando ouviu um barulho, como se alguém jogasse um armário pesado numa calçada. Uma voz fraca chegou aos seus ouvidos, como se viesse de uma grande distância e gritava:

– Vira! Ou vai nos afundar!

– Somos nós? – perguntou Harvey, com a voz entrecortada.

– Não! É outro barco que está além. Continua tocando o sino. Vamos ver o que aconteceu – disse Dan, correndo para os botes.

Meio minuto depois, a tripulação, exceto Harvey, Penn e o cozinheiro, dirigiu-se nos botes para o local do acidente. Ao largo do We're Here passou um pedaço do mastro maior. Depois surgiu um bote vazio pintado de verde, que se chocou com a borda da escuna, como se pedisse que o erguessem. Seguiu-se outra coisa, que parecia um homem de jérsei azul, embora já não fosse um ser humano completo. Penn mudou de cor e conteve o fôlego de forma inesperada. Harvey se agarrou desesperado à corda do sino, temia que algo os atropelasse a qualquer momento; começou a correr pela borda, ouvindo Disko gritar quando a tripulação voltou.

– O Jennie Cushman! – disse Dan, nervoso. – Cortou-o pela metade, afundou e passou por cima! A menos de um quarto de milha da gente. Meu pai salvou o capitão. Não há ninguém mais, porém... seu filho também estava lá. Oh, Harvey, Harvey! Não aguento, eu vi... – e deixou cair a cabeça entre as mãos, soluçando, enquanto os outros homens arrastavam para bordo um homem de cabelos grisalhos.

– Por que me salvaram? – disse o homem aos soluços. – Disko, por que me salvou?

Disko deixou cair sua pesada mão sobre os ombros do náufrago, pois ele tinha os lábios trêmulos e observava a silenciosa tripulação do We're Here com um olhar estranho. Então Pennsylvania Pratt falou que, às vezes, era Haskins, Rich ou M'Vitty, segundo andava a memória do tio Salters. Seu rosto se transformara: já não era de um louco, mas de um ancião pleno de sabedoria. Disse com voz enérgica:

– O Senhor dá e o Senhor tira. Louvado seja o nome do Senhor. Eu era... eu sou um pastor do evangelho. Deixem comigo.

– Você é pastor? – perguntou o náufrago. – Então rogue a Deus para que devolva meu filho! Reze pra que eu consiga outro barco, que me custou nove mil dólares e mil quintais de peixe tirado das águas. Se tivesse me deixado afogar, minha viúva iria pra um asilo, trabalharia por uma pensão. Agora preciso lhe dizer tudo!

– Não precisará lhe dizer nada – retrucou Disko. – É melhor deitar um pouco, Jason Olley.

É difícil consolar um homem que perde o único filho, todos os seus ganhos da temporada e seu meio de vida em menos de trinta segundos.

– Eram todos de Gloucester? – perguntou Tom Platt, mexendo na corda de um dos dóris.

– Oh! Isso não tem importância – disse Jason, sacudindo a água da barba. – Dentro de pouco tempo, terei de levar a passeio num dóri os turistas do Leste de Gloucester, até chegar o outono.

E se arrastou pesadamente até a borda cantando:

Pássaros felizes cantam e voam
Em redor do trono do Altíssimo.

– Vem comigo. Vem pra baixo! – disse Penn, como se tivesse direito a dar ordens.

Os olhares de ambos os homens se cruzaram numa fração de segundo.

– Não sei quem é você, mas irei – disse Jason, submisso. – É possível que recupere algo... algo dos nove mil dólares.

Penn o conduziu até o camarote e fechou a porta atrás deles.

– Esse não é Penn – gritou o tio Salters. – É Jacob Boller, e conseguiu se lembrar de Johnstown. Nunca vi olhar assim de nenhum homem vivo. O que vou fazer agora?

Ouviram-se as vozes de Penn e Jason. Depois Penn saiu sozinho; Salters tirou o gorro, pois Penn rezava. O homenzinho subiu a escada; grossas gotas de suor caíam pelo seu rosto, enquanto observava a tripulação. Dan seguia soluçando perto do timão.

– Não nos reconhece – resmungou tio Salters. – Teremos de ensinar tudo outra vez, inclusive a jogar damas. O que irá me dizer?

Penn falou; todos sentiram como se estivesse se dirigindo a estranhos.

– Eu rezei – disse. – Os da nossa fé creem no poder da oração. Rezei para pedir pela vida do filho deste homem. Os meus se afogaram diante de meus olhos, minha esposa, meu primogênito... todos os outros. Pode o homem ser mais sábio que o Criador? Nunca rezei por suas vidas, mas pedi pela vida deste, com certeza lhe será concedida essa graça.

Salters olhava Penn, como que lhe pedindo com os olhos para se recordar dele.

– Há quanto tempo fiquei louco? – quis saber Penn subitamente. Seus lábios se moviam em convulsão.

– Vamos, Penn, nunca esteve louco – disse Salters, iniciando a terrível discussão que se avizinhava, conforme percebia. – Só um pouco confuso...

– Vi como casas, levadas pela corrente, chocaram contra a ponte antes que o incêndio deflagrasse. Não lembro nada mais. Há quanto tempo foi isso?

– Não consigo suportar, não posso! – gritou Dan, enquanto Harvey caía aos soluços.

– Uns cinco anos – disse Disko, com voz trêmula.

– Então devo ter ficado aos cuidados de alguma pessoa, desde esse dia até agora. Quem é?

Disko apontou para Salters.

– Ninguém cuidou de ti! Ninguém – exclamou o lavrador-marinheiro, retorcendo as mãos. – Ganhou seu dinheiro. Eu mesmo te devo. Além do mais, tem a metade do que corresponde a esta viagem, que te pertence por serviços prestados.

– Vejo que são homens bons. Leio no rosto de vocês. Ma...

– Que a Virgem tenha misericórdia de nós! – murmurou Long Jack. – Pensar que tenha estado conosco todas essas viagens. Está enfeitiçado!

O sino de uma escuna soou ao lado do We're Here, e uma voz gritou através da neblina:

– Ouve, Disko! Viu o que aconteceu com o Jennie Cushman?

– Encontraram seu filho! – gritou Penn. – Calai e observai os admiráveis caminhos do Senhor!

– Temos Jason Olley a bordo – disse Disko, com voz sentida. – Sabem se alguém mais se salvou?

– Encontramos um. Quase nos chocamos com ele. Estava sobre um monte de madeiras, que devia ser o resto da cabine. Tem alguns cortes na cabeça.

– Quem é?

Os corações dos tripulantes do We're Here batiam em uníssono.

– Creio que é o filho de Olley – respondeu uma voz pausada do outro lado.

Penn levantou as mãos e disse algo em alemão. Harvey teria jurado que uma luz iluminara seu rosto, erguido em direção ao céu. A voz prosseguiu:

– Na outra noite, tirou-nos bastante pelo.

– Pois, mas agora não é hora pra brincadeiras – disse Disko.

– Eu imagino, mas o certo é que... quando o salvamos íamos à deriva.

Era o Carrie Pitman, que não perdia o costume de derivar apesar da âncora; uma irresistível explosão de gargalhadas estourou a bordo do We're Here.

– Não seria melhor que o velho Olley viesse pra cá? Queremos continuar pescando lulas pras iscas. De toda maneira, não precisa dele. O trabalho contínuo com o cabrestante faz com que nos faltem mãos a bordo. Cuidaremos dele. É casado com uma tia de minha mulher.

– Se precisarem de alguma coisa a bordo... – disse Disko.

– Não precisamos de nada, a não ser uma âncora que aguente. O jovem Olley está ficando muito ansioso e nos causa algum problema. Mande-nos o pai.

Penn despertou o velho Olley do sobressalto causado pelo desespero, e Tom Platt o levou de dóri até o outro barco. Ele se foi sem uma palavra de agradecimento, sem saber o que ia encontrar na outra embarcação. A neblina se fechou em seguida sobre eles.

– E agora – disse Penn, inspirando forte o ar como se fosse fazer uma pregação. – Agora... – O corpo altivo caiu como uma espada na bainha, desapareceu a luz dos seus olhos e a voz voltou a adquirir aquele tom humilde e cantante de sempre. – Agora... – disse Pennsylvania Pratt –, acredita que é muito cedo pra uma partidazinha de damas, senhor Salters?

– O mesmo, mesmíssimo que ia dizer – gritou logo Salters. – É algo tremendo, como consegue adivinhar as coisas que acontecem com os outros?

O homem enrubesceu e seguiu Salters até a proa.

– Levantem a âncora! Rápido! Quero sair o quanto antes destas malditas águas – falou Disko.

Nunca fora obedecido com tanta celeridade.

– Por Deus! O que acha que significa tudo isso? – interrogou Long Jack, enquanto avançava outra vez pela neblina, encharcado de umidade e sem conseguir conter o espanto.

Disko, que estava no timão, disse:

– Creio que foi assim: toda coisa do Jennie Cushman aconteceu quando ele estava de estômago vazio...

– Ele... nós, vimos flutuar um dos... cadáveres – soluçou Harvey.

– Claro, isso foi como se o tirassem da água, como um dóri que chega à praia; o ergueu e o fez lembrar de Johnstown, Jacob Boller e todas as recordações. Ao confortar Jason, manteve-se à tona, como quando se levanta um dóri. Mas como é frágil, isso não lhe serviu de grande coisa, foi se afundando pouco a pouco e agora está à mercê das águas outra vez. Essa é a minha opinião.

Todos concordaram com o fato de que Disko tinha total razão.

– Seria um grande golpe pra Salters se Penn continuasse sendo Jacob Boller. Viu o rosto do tio quando Penn quis saber quem cuidara dele todos esses anos? Como está, Salters?

– Dorme, dorme como um bebê – respondeu Salters, dirigindo-se para a popa na ponta dos pés. – Não haverá mais surpresa até despertar. Viram alguma vez tão potente poder da oração? Definitivamente, arrancou o jovem Olley das águas. Eu acredito. Jason estava terrivelmente orgulhoso de seu filho, e acredito que esses acontecimentos são uma advertência para não se adorar falsos deuses.

– Há outros estúpidos parecidos – disse Disko.

– Isso é outra coisa – respondeu Salters. – Nem Penn está de todo louco, nem eu faço outra coisa senão cumprir meu dever com ele.

Aqueles homens esfomeados esperaram três horas até que Penn aparecesse outra vez no convés. Seu rosto estava inexpressivo, ele não se lembrava de nada. Disse que parecia ter sonhado. Perguntou a razão pela qual estavam todos calados e ninguém conseguiu explicar.

Durante os três ou quatro dias seguintes, Disko fez a tripulação trabalhar sem descanso. Quando não podiam sair por causa da neblina, mandava-os ao porão acondicionar as provisões ou a carga para ter mais espaço onde arrumar o peixe. Disko lhes demonstrou que há uma arte da estiva, capaz de permitir melhor navegação do barco. Dessa maneira, a tripulação esteve ocupada até recobrar seu bom humor. Long Jack deu em Harvey uma boa sova por "estar tão triste como um gato doente pelo que já não tinha jeito", como explicou o de Galway.

Harvey refletiu muito naqueles dias, trocando ideias com Dan, que concordava com ele. Os dois até deixaram de roubar pastéis e passaram a pedi-los ao cozinheiro.

Uma semana mais tarde, os dois quase fazem soçobrar o Hattie S. ao tentarem caçar um tubarão com uma baioneta velha, montada no extremo de um pau. A pobre besta esfregou o lombo contra o dóri, como que pedindo pescado. A batalha entre os três foi de tal monta que só por um milagre os jovens escaparam com vida.

Por fim, depois de jogarem cabra-cega na neblina, uma manhã Disko gritou da cabine:

– Depressa, jovens, chegamos à cidade!

CAPÍTULO VIII

ATÉ O FIM DA SUA VIDA, Harvey não esqueceria o que viu naquele dia. O sol, que não viam por uma semana, acabara de se alçar sobre o horizonte. Sua luz rubra iluminava o velame de três frotas de pescadores ancoradas naquele ponto: uma ao Norte, outra a Oeste e outra no Sul. Havia quase uma centena de embarcações, de todos os tipos e silenciosas. Ao longe, encontrava-se um veleiro francês com seus mastros e velas. Todos se cumprimentavam e faziam cortesias entre si. De cada veleiro saíam dóris como abelhas de uma colmeia superlotada. Os barulhos das vozes, dos molinetes, das manobras e dos remos se ouviam a grande distância sobre as ondas.

Havia velas de todas as cores: negras, cinza-pérola e brancas, enquanto o sol se elevava sobre o horizonte; os dóris se dirigiam para o Sul, através dos poucos vestígios de neblina que restavam.

Os dóris se reuniam formando cúmulos, se separavam, se aproximavam outra vez, todos seguindo a mesma direção. Os pescadores cantavam e se saudavam aos gritos e com assobios. A água ficava manchada com resíduos que jogavam pela borda.

– É uma cidade – disse Harvey. – Disko tinha razão. É uma cidade.

– Já vi menores – observou Disko. – Aqui deve haver uns mil homens. Mais além está a Virgem – acrescentou, indicando com o dedo um espaço vazio de cor verde, onde não havia nenhum dóri.

O We're Here se moveu ao largo da esquadra do Norte, enquanto Disko saudava seus numerosos amigos. O veleiro ancorou de maneira tão límpida como um navio de regata ao findar a temporada. A frota aprovava em silêncio qualquer demonstração de maestria marinheira, mas o deslize recebia vaias de cada um dos barcos.

– Bem a tempo pra festa! – bradaram do Mary Chilton.

– Vocês usaram todo o sal? – perguntaram do King Philip.

– Ei, Tom Platt! Vem jantar conosco esta noite? – inquiriram do Henry Clay.

As perguntas e as respostas voavam de uma embarcação a outra. Todos haviam se encontrado muitas vezes, quando pescavam em seus botes envoltos na neblina. Não há melhor nem maior lugar para a fofoca do que o banco. Todos pareciam conhecer a história do salvamento de Harvey e queriam saber que tal era como marinheiro. Os jovens faziam piadas com Dan, que tinha uma língua bastante solta, perguntando por sua saúde e chamando-o pelos apelidos mais desagradáveis que se conhecia em sua cidade natal. Os compatriotas de Manuel brincaram com ele na sua própria língua. Até o silencioso cozinheiro, que estava em cima do gurupés, manteve uma conversa em galês com um amigo tão negro quanto ele. Depois de colocar uma baliza no cabo, já que ao redor da Virgem o solo é rochoso, e um descuido poderia romper a corrente da âncora por atrito e deixar o barco à deriva, baixaram os botes para se reunir aos outros que haviam ancorado uma milha à frente. Numa distância prudente, as escunas balançavam e baixavam, rítmicas, na água, como patos que vigiam os filhotes, enquanto as pequenas embarcações se portavam como se fossem gansos mal-educados.

Ao se meter naquela confusão, na qual cada barco encostava no outro, ressoaram nos ouvidos de Harvey os comentários sobre sua maneira de remar. Ao redor dele, soavam como que ruídos de matraca, eram os dialetos e idiomas, desde o Labrador até Long Island, incluindo português, napolitano, a língua franca, francês e galês.

Na verdade, não falavam, mais pareciam fazer um barulho como de matracas, e evidentemente o motivo do falatório era Harvey. Pela primeira vez na vida, ele sentiu vergonha, que procedia do fato, talvez, de ter vivido tanto tempo só com os tripulantes do We're Here. Agora divisava centenas de caras novas, que se elevavam e baixavam com os movimentos das pequenas embarcações de pesca. Uma onda, suave e sussurrante, numa distância de seiscentos metros, erguia uma fileira mansa de botes coloridos. Por um instante, ao se elevar sobre a crista de uma onda, pareciam uma cornija do horizonte, enquanto os pescadores faziam sinais com as mãos e gritavam. Em seguida, os braços em movimento, as bocas abertas e os peitos nus desapareciam, e a próxima crista trazia figuras diferentes, como num teatro de títeres. O espetáculo distraía Dan.

– Ei, cuidado! – advertiu Dan, movendo o equipamento de pesca. – Quando disser para lançar a rede, lança. A qualquer momento podem aparecer os recifes. Onde ficamos, Tom Platt?

Empurrando por um lado, remando pelo outro, saudando um amigo por uma parte e ameaçando um antigo inimigo por outra, o comodoro Tom Platt levou sua flotilha a sota-vento da massa principal; de imediato, três ou quatro botes começaram a levantar âncora para fazer o mesmo que os do We're Here. Naquele momento, todos riram às gargalhadas, pois um dos dóris se afastava dos outros a grande velocidade, enquanto o pescador que o ocupava tentava, em vão, recolher a corrente.

– Afrouxa! – gritaram vinte vozes. – Deixa que se solte!

– O que se passa? – perguntou Harvey, enquanto o dóri desaparecia ao Sul na velocidade de um raio.

– Não está ancorado? – perguntou Dan rindo. – Mas a corrente da âncora não está muito segura. Uma baleia se emaranhou nela... Puxa a rede, Harvey, aí vem!

O mar se escureceu ao redor deles, formando ondulações de peixinhos prateados. Numa superfície de cinco ou seis acres, os bacalhaus começaram a saltar como trutas em maio. Atrás deles, três ou quatro lombos grandes e cinzentos faziam a água borbulhar.

Todos gritavam e tentavam içar as âncoras logo para se colocar sobre o banco, caso fosse necessário; e para que não se enredassem no vizinho, avisavam o que estava acontecendo, manobrando os instrumentos, chamando a atenção aos gritos, enquanto a água borbulhava como uma garrafa de soda que acabara de ser aberta. Os bacalhaus, as baleias e os pescadores estavam sobre os pequenos peixes, que são os alimentos dos primeiros. Dan, manuseando seus equipamentos, quase jogou Harvey na água. E naquele tumulto Harvey entreviu, e nunca esqueceu, o olho maligno e fixo, como o de um elefante de circo, de uma baleia a nadar à superfície da água e que lhe piscou o olho, segundo conta Harvey. As correntes de três botes se enredaram por obra desses caçadores de alto-mar e foram arrastadas mais de meia milha antes que os cavalos-marinhos se desprendessem delas.

Os peixinhos se afastaram. Cinco minutos mais tarde, não se ouvia senão o ruído dos chumbos caindo na água, dos bacalhaus nadando, ou os golpes com os quais os marinheiros desnorteavam os peixes ao tirá-los da água. Foi uma pesca estupenda.

Harvey distinguia o corpo brilhante do bacalhau na profundeza, que avançava em cardume, sem deixar de morder os anzóis. A lei do banco do recife proíbe com severidade quem colocar mais de um anzol em cada linha, quando os dóris se encontram perto da Virgem ou dos bancos do Leste, mas as embarcações se posicionavam tão perto uma das outras que os anzóis se emaranhavam. O próprio Harvey se viu discutindo com um amável pescador cabeludo da Terra Nova, de um lado, e com um português estrídulo, do outro.

Pior ainda era o enredo que se armava entre as correntes das âncoras. Cada embarcação se situava onde parecia melhor, deixando-se levar pela corrente ou remando em redor desse ponto fixo. À medida que o bacalhau mordia com menos intensidade, cada um queria levantar âncora e procurar outro local propício, mas já estava sitiado por três ou quatro vizinhos. No banco, cortar a âncora de outro é um crime imperdoável. Apesar da regra, um ou alguns cometeram três ou quatro delitos naquele dia, sem que se soubesse quem foi. Tom Platt pescou um marinheiro do Maine numa ação vil e, sem muita cerimônia, empurrou-o do seu bote, golpeando-o com um remo; Manuel se viu obrigado a fazer o mesmo com um compatriota seu. Isso também aconteceu com o bote de Harvey e Penn, que se transformou no transporte que levava o pescado ao We're Here, enquanto os outros tiravam tudo o que podiam. Voltou a anoitecer no recife, repetindo-se o clamor anterior; quando já era noite fechada, regressaram à escuna para a salga, à luz de candeeiros.

Era uma quantidade enorme de peixes, tanto que adormeceram trabalhando. No dia seguinte, vários barcos pescaram um pouco mais acima do cabo da Virgem. Harvey, que estava com eles, pôde observar o emaranhado de algas na rocha, a erguer-se sete metros acima da superfície do mar. O bacalhau aparecia em legiões, nadando solenemente sobre as algas.

Quando mordiam o anzol, faziam-no todos ao mesmo tempo, e quando se detinham, também. Ao meio-dia, houve uma pausa, e as tripulações dos botes começaram a procurar outra diversão. Dan divisou o Hope of Prague, que acabara de chegar; quando seus botes surgiram, todos o saudaram com o grito de:

– Quem é o homem mais mesquinho de toda a frota?

– Nick Brady! – trezentas vozes respondiam entusiasmadas. Parecia um coro.

– Quem roubou os pavios dos candeeiros? – gritou Dan, contribuindo assim com a animação geral.

– Nick Brady! – entoaram dos botes.

– Quem usou isca pra fazer sopa? – indagou um caluniador, que pretendia permanecer anônimo, distante um quarto de milha.

Todos responderam em coro alegre mais uma vez. Brady não era um homem tão mesquinho, mas tinha essa fama, e a frota exagerava ao máximo. Depois descobriram um homem do veleiro de Truro, que, há seis anos, fora surpreendido usando uma linha com cinco ou seis anzóis. Como é natural, foi apelidado de "Jim, o canalha". Embora tenha se escondido noutras águas, quando voltou, estavam aguardando-o com todas as honras. Gritaram, numa espécie de coro estridente:

– Jim! Oh, Jim! Jim! Oh, Jim! O canalha!

Um marinheiro de Beverly, com inclinações poéticas, que estivera pensando nele todo o dia, e se vangloriava do seu êxito, durante semanas cantou: "A âncora do Carrie Pitman não se mexe nem por um centavo", o que contribuiu para que os tripulantes dos botes se sentissem bastante felizes. Depois perguntaram ao marinheiro do Beverly de onde tirara a inspiração, pois os poetas não inventam nada. O turno coube a cada um dos veleiros, e a quase todos os tripulantes. Havia algum cozinheiro por aí desorganizado e sujo? Os pescadores dos dóris cantavam sobre ele ou sobre sua comida.

Estava desarrumada a carga de um veleiro? Pois se explicava tudo à frota, com todos os pormenores. Um marinheiro roubara fumo de um companheiro? O seu nome era repetido em cada dóri. Os infalíveis juízos de Disko, o dóri que Long Jack vendera havia muito tempo, o amor de Dan (como se irritou ao ouvir isso!), o azar de Penn com as âncoras do seu dóri, as ideias do tio Salters sobre os fertilizantes, os pecados de Manuel quando estava em terra e a maneira feminina de remar de Harvey, tudo isso surgiu em público. Enquanto a neblina caía em redor deles, como se fossem lençóis de prata sob o sol, as vozes soavam como as da fila de juízes pronunciando uma sentença.

Os dóris continuaram remando e pescando, enquanto seus tripulantes conversavam, até que o mar se embraveceu. Eles se afastaram um pouco, e alguém disse que em seguida viria a tempestade, a Virgem ia ficar encapelada. Um marinheiro audaz de Galway, que compartilhava o dóri com seu sobrinho, recusou que isso fosse possível e se aproximou remando da rocha. Muitas vozes lhes aconselharam a se afastar, alguns se atreveram a detê-los. Quando as ondas de crista suave passaram pela costa sul, ergueram o dóri cada vez mais alto, fazendo-o cair depois em buracos terríveis formados por águas sugadoras; o dóri começou a girar em torno da âncora, numa distância de meio ou talvez um metro de uma rocha. Era brincar com a morte pela simples exposição de valentia.

As tripulações dos outros dóris os observavam sob o silêncio aflito, até que Long Jack se aproximou remando e, sem que notassem, cortou-lhe a corda da âncora.

– Não estão vendo como está forte? – gritou. – Remem, se estimam por suas miseráveis vidas! Aos remos!

Os dois homens reclamaram e tentaram discutir, enquanto a corrente arrastava o dóri. A outra onda parou um pouco, como o homem que tropeça num tapete. Produziu-se o suspiro profundo, um rugido, e a Virgem lançou o remoinho de água espumosa, branca, furiosa, que se dispersou pelo baixio como se fosse um espectro. Todos os tripulantes dos outros dóris aplaudiram Long Jack, e os dois marinheiros de Galway não disseram nem uma palavra.

– Não é educado? – perguntou Dan, mexendo-se como uma cria de foca em casa. – De agora em diante, as ondas se quebrarão a cada meia hora, a menos que a tormenta fique mais forte. Qual o tempo certo delas, Tom Pratt?

– A cada quinze minutos, com absoluta certeza. Harvey, viu o mais importante do recife e, se não fosse Long Jack, teria a oportunidade de presenciar duas mortes.

Ouviram-se gargalhadas quando a névoa adensou, e as escunas começaram a tocar seus sinos. Um bergantim apareceu velejando cuidadosamente fora da bruma. Os pescadores irlandeses o receberam com gritos de "Vem, querido!".

– É outro veleiro francês? – perguntou Harvey.

– Não tem olhos na cara? – disse Dan. – É um barco de Baltimore que se move estremecendo de temor. Tiraremos as roldanas na brincadeira. Parece que é a primeira vez que seu capitão se reúne com a frota nessas condições.

Era uma embarcação negra de oitocentas toneladas, e aos marinheiros parecia uma mulher gorda. A vela maior estava firme, e os outros panos ondulavam com o pouco vento que soprava. Um bergantim era a mais feminina das criaturas marítimas. Aquela embarcação alta se movia como se vacilasse, e com sua máscara de proa pintada de branco e ouro parecia uma mulher grande e assustada que levanta a saia para cruzar uma rua lamacenta diante dos olhares e gritos de uma turba de jovens mal-educados. Pelo menos sua situação era bem parecida. Seu capitão sabia que se encontrava próximo à Virgem, ouvira o barulho dos escolhos e, portanto, queria saber sua posição exata. O que se segue é só uma mostra mínima dos gritos provenientes dos dóris.

– A Virgem? Do que está falando? Isso é Le Have num domingo de manhã. Vai pra casa e espera até que acabe a bebedeira!

– Vai pra sua, tartaruga! Volta pra casa e conta ao pessoal da sua terra que vamos lá!

Várias vozes gritaram quando a embarcação inclinou a popa e entrou água:

– Vai a pique!

– Endireita, homem, endireita!

– Solta tudo!

– Todos às bombas!

– Segurem as genoas*, movendo-as com um croque!

Ao ouvir isso, o capitão da barca perdeu a paciência e começou a bradar todo tipo de insultos. Por instantes, a pesca parou, e o capitão teve de ouvir muitas coisas sobre seu barco e a próxima escala num porto. Perguntaram-lhe se estava seguro e se havia roubado a âncora, pois, segundo diziam, a que tinha era do Carrie Pitman. Falaram que seu barco era uma chalana, boa para navegar pelos canais. Acusaram-no de jogar lixo no mar para assustar os bacalhaus. E se ofereceram para rebocá-lo e apresentar a conta à sua mulher. Um jovem corajoso se aproximou da embarcação com seu dóri, bateu numa parte da popa e gritou:

– Vamos, janota!

O cozinheiro lhe jogou em cima um recipiente com cinzas, ele respondeu atirando-lhe cabeças de peixe. A tripulação da barca começou a usar pedaços de carvão como projéteis, os pescadores dos dóris ameaçaram abordar a embarcação. De fato, se

* Uma das três velas à proa de um veleiro.

estivesse em perigo, teriam-nos advertido, mas tendo em vista que estava distante da Virgem, os pescadores aproveitaram a ocasião. Toda brincadeira ficou reduzida a nada quando a rocha surgiu outra vez. Estava a meia milha de distância. A atormentada barca, reconhecendo sua situação, içou todas as velas disponíveis para prosseguir viagem. Os pescadores pensaram que tinham ganhado a batalha.

Naquela noite, a Virgem rugiu de maneira terrível.

Na manhã seguinte, Harvey observou que a frota se encontrava num mar enfurecido e branco de espuma. Nenhum dóri baixou até as dez da manhã, quando os dois Jerauld do Day's Eye, pensando que a tormenta amainara, o que não era verdade, deram o exemplo. Num minuto baixaram a metade dos dóris, agitando-se nas ondas. Troop não era amigo de correr perigo, então reteve sua tripulação, que ficou limpando e salgando o peixe. A violência da tormenta cresceu, e tiveram o prazer de receber vários estranhos, que se alegraram em poder encontrar refúgio naquele anoitecer tormentoso. Os jovens, portando lanternas, mantinham-se onde podiam ajudar a subir os tripulantes dos dóris das outras embarcações, observando a onda que vinha e levaria aqueles náufragos a abandonar tudo, exceto o salvamento de suas vidas. Na escuridão, ouviam-se gritos de "Dóri, dóri!".

Pescaram-no com um croque, içando o homem que quase se afogara e um dóri semidestruído, até que o convés ficou abarrotado. Durante o tempo que ficaram responsáveis pela sentinela, Dan precisou subir cinco vezes a retranca, agarrando-se às vergas com os braços, os pés e até os dentes, ao próprio mastro e mesmo às velas encharcadas, enquanto uma grande onda varria a ponte.

Um dóri foi destroçado. As ondas lançaram o pescador sobre o convés. Ao cair, teve um ferimento grande na testa. Próximo do anoitecer, quando as cristas das ondas reluziam um branco-prateado, outro pescador machucado por golpes e com o aspecto de um fantasma trepou até o convés com o braço ferido e perguntando pelo irmão. No café de manhã, foi preciso alimentar mais sete bocas: um sueco, o capitão do Chatham, um grumete de Hancock, do estado do Maine, outro de Duxbury e três de Provincetown.

No dia seguinte, os barcos da frota recolheram seus náufragos. Embora ninguém tivesse dito algo, todos comeram com mais prazer quando cada embarcação percebeu que não faltavam tripulantes. Apenas dois portugueses se afogaram, um velho pescador de Gloucester, mas muitos tinham ferimentos ou contusões. Duas escunas perderam parte dos mastros e cabos, pois o vento os levara tão longe que demoraram três dias para voltar. Era uma das embarcações francesas, a mesma na qual Tom Platt conseguira tabaco; um marinheiro morreu. Numa manhã úmida, a embarcação singrou para longe das outras, até um ponto onde a água era profunda, com todas as velas levantadas e em placidez. Harvey contemplou o funeral com a luneta de Disko. A cerimônia consistiu em lançar pela borda um vulto de forma oblonga. Parecia que não havia entre eles nenhuma forma de funeral.

Naquela noite, através da água em que as estrelas se refletiam, quando estavam ancorados, Harvey ouviu a tripulação francesa cantar algo que parecia um hino. Era uma melodia que soava muito lenta:

La brigantine
Qui va tourner,
Roule et s'incline
Pour m'entraîner,
Oh, Vierge Marie,
Pour moi priez Dieu!
Adieu, patrie;
Québec, adieu!

(O caranguejo que vai virar
Gira e se inclina
Pra me arrastar.
Oh, Virgem Maria,
Rogai por nós, Deus!
Adeus pátria!
Quebec, adeus!)

Tom Platt visitou o navio francês porque, como dizia, o morto era um irmão maçon. Na conversa, souberam que uma onda lançara o marinheiro francês sobre a retranca da embarcação, quebrando sua espinha. A notícia se espalhou como rastilho de pólvora, já que, contra o costume geral, os franceses organizaram um leilão com os pertences do morto. Não tinha parentes nem amigos em St. Malo ou Miquelon. Expuseram todas as suas coisas sobre o convés, do seu gorro vermelho até um cinturão de couro com a bainha para o punhal na parte posterior. Dan e Harvey, que estavam distantes vinte braças, no Hattie S., remaram até a embarcação francesa para se reunir com a multidão apinhada. Foi um trajeto longo; ficaram algum tempo, até Dan conseguir o punhal, que apresentava um curioso cabo de bronze. Quando desceram o dóri e remaram entre a chuva fraca e o mar encrespado, lembraram-se de que possivelmente teriam problemas a bordo por se descuidarem da pesca.

– Creio que não nos fará mal um pouco de exercício pra esquentar – disse Dan, a tremer dentro do seu impermeável.

Remaram até entrar quase no centro de uma densa camada de neblina que, como é normal, caiu sobre eles sem aviso prévio.

– Aqui tem uma maldita correnteza que não nos deixa fiar nos instintos – continuou. – Joga a âncora, Harvey, vamos pescar, até a neblina levantar um pouco. Pega o chumbo mais pesado que houver. Uma libra não é nada nestas águas.

Na popa do dóri se produziam borbulhas, onde alguma corrente irregular do banco de recife mantinha a corda da âncora bem esticada. Não podiam ver mais do que um par de metros, tão compacta estava a neblina. Harvey aprumou o pescoço e se inclinou sobre as cordas com ar de consumado lobo do mar. Já não se assustava com a neblina. Pescaram em silêncio, vendo o bacalhau mordendo bastante. Dan tirou o punhal e experimentou o gume na borda do dóri.

– É genial – disse Harvey. – Como conseguiu tão barato?

– Por causa das suas malditas superstições católicas – respondeu Dan, enquanto brincava com a lâmina brilhante do punhal. – Digamos que não se atrevem a tirar o ferro de um morto. Viu como aquele francês retrocedeu quando fiz a oferta?

– Mas um leilão não é o mesmo que roubar algo de um morto. É um negócio como outro qualquer.

– Isso nós sabemos, mas não há nada a fazer contra a superstição. Essa é uma das vantagens de viver num país progressista – disse Dan e então começou a cantar:

Oh, Double Thatcher! Como está?
O Easter Point já está à vista.
Os jovens que logo veremos
Quando ancorarmos no Cabo Ann.

– Por que aquele homem do Eastern Point não fez nenhuma oferta? Comprou as botas. O estado do Maine não é progressista?

– Maine? Bah! As pessoas desse estado não sabem nada ou não têm dinheiro nem pra pintar as casas. Eu vi. Aquele homem de East Point me contou que, segundo o capitão do veleiro francês, o marinheiro usou o punhal na costa francesa, ano passado.

– Pra ferir um homem? – perguntou Harvey, tirando um bacalhau, colocando uma nova isca no anzol e lançando-o de novo.

– Pra matar. Claro que, quando ouvi isso, tive ainda mais interesse em conseguir o punhal.

– Por Cristo! Não sabia disso – disse Harvey, virando-se. – Darei um dólar por ele quando receber meu salário. Melhor, darei dois dólares.

– Sério? Gosta tanto dele? – perguntou Dan, meio corado. – Bom, pra dizer a verdade, eu comprei pra te dar, mas não quis dizer nada até ver como reagia. É seu e fico feliz, já que somos companheiros de dóri e tudo mais. Segura aí! – E lançou a Harvey tanto o cinto quanto o punhal.

– Bom, Dan, ouve. Não compreendo...

– Toma. Não me serve pra nada. Quero que seja seu.

A tentação era irresistível.

– Dan, és um camarada – disse Harvey. – Estará guardado comigo enquanto viver.

– Gosto de ouvir isso – exclamou Dan com uma gargalhada de satisfação e acrescentou depois, querendo mudar de assunto: – Parece que sua linha enganchou em alguma coisa.

– Acho que deve ter se prendido – disse Harvey enquanto puxava. Mas antes colocou o cinturão, sentindo uma satisfação profunda quando ouviu como a bainha batia no banco do dóri. – Maldição! – exclamou. – Parece que estamos sobre um fundo de morangos-marinhos. Aqui é areia, certo?

Dan olhou onde estava Harvey e deu um puxão na linha para poder emitir um juízo mais certo:

– O halibute se comporta dessa maneira quando está de mau humor. Dá um puxão ou dois. Acho que será melhor içá-lo e segurar bem.

Puxaram juntos, dando a volta nos cabos dos remos. O peso invisível subia lento.

– Que prêmio! Oh! – exclamou Dan.

Mas suas palavras findaram num agudo e duplo grito de horror, pois na ponta da linha estava... o francês morto, que fora lançado ao mar havia dois dias. O anzol se enredara debaixo de sua axila direita. O cadáver flutuava hirto e horrível, com a cabeça e os ombros acima da água. Tinha os braços atados ao corpo e... não tinha rosto. Os jovens caíram um sobre o outro no fundo do dóri e permaneceram ali enquanto aquela coisa pairava ao largo da pequena embarcação, presa à linha.

– A correnteza, a correnteza o trouxe! – disse Harvey, com os lábios trêmulos, mexendo nervoso a fivela do cinturão.

– Oh, Deus! Oh, Harvey! – disse Dan. – Rápido! – disse, voltando-se para o punhal. – Dá pra ele, dá! Deixa que leve!

– Não quero! Não quero! – gritou Harvey. – Não consigo encontrar a fivela.

– Rápido! Harvey, está enganchada em sua linha.

Harvey se levantou para tirar o cinturão, diante daquela cabeça que não tinha cara, pela qual caíam mechas de cabelo molhado.

– Está preso – murmurou Dan, tirando o punhal para cortar a linha, enquanto Harvey jogava o cinto pela borda.

O corpo se afundou de imediato com um ploff surdo. Dan ficou de joelho, mais pálido que a neblina.

– Veio buscar! Voltou pra buscar! Vi um quase desfeito que ficou preso numa rede e não me importou muito, mas este veio sobre nós.

– Oxalá não tivesse pegado o punhal. Então não tinha se emaranhado na sua linha.

– Não sei se isso faria diferença. Creio que nós dois tivemos um susto pra dez anos. Oh, Harvey! Viu a cabeça?

– Se vi? Nunca vou me esquecer. Mas, Dan, de maneira alguma isso podia ocorrer. Foi só a correnteza.

– A correnteza! Veio buscar o punhal, Harvey! Não pode ser outra coisa. Lançaram ele seis milhas ao sul da frota, nós estamos a duas de diferença de onde estão as embarcações agora. Disseram-me que colocaram braça e meia de corrente de âncora pra que afundasse mais rápido.

– Eu me pergunto o que terá feito com esse punhal na França.

– Com certeza deve ter sido algo ruim. Creio que vai levá-lo até o dia do Juízo Final... O que está fazendo com o peixe?

– Jogando outra vez pro mar – disse Harvey.

– Por quê? Nós não vamos comer...

– Não interessa. Vi sua cara ao tirar o cinturão. Pode guardar seu peixe, se quiser. Não quero o meu.

Dan não disse nada, mas fez exatamente o mesmo.

– Creio que mais vale fazer as coisas bem – murmurou por fim. – Daria vários meses de pagamento pra que a neblina se dissipasse, com ela acontecem coisas estranhas, fantasmas e fenômenos estranhos. Fico feliz por nos visitar dessa maneira como fez e que não viesse passeando.

– Não... não... fala mais disso, Dan. Já passamos por coisa pior. Quem dera estar a bordo, embora o tio Salters me dê uma reprimenda quando chegar.

– Daqui a pouco vão nos procurar. Passe para cá a corneta.

Dan agarrou o instrumento que usavam para chamar à refeição, mas se deteve antes de começar a soprar.

– Vamos – disse Harvey. – Não quero ficar aqui a noite toda.

– A questão é saber o que vão pensar. Um homem da costa me contou que havia trabalhado numa escuna onde não se atreviam tocar a corneta, pois seu capitão, não o homem que estava agora comandando a embarcação, mas outro, cinco anos atrás, num acesso de embriaguez lançou um jovem pela borda que se afogou. Cada vez que sopravam a corneta, aparecia o jovem por um dos lados da embarcação gritando: "Dóri, dóri!"

– Dóri, dóri! – gritou uma voz abafada através da neblina.

Os jovens se assustaram outra vez, e a corneta caiu das mãos de Dan.

– Espera – gritou Harvey. – É o cozinheiro!

– Não sei o que me fez lembrar essa história tonta – disse Dan. – É claro que é o doutor.

– Dan! Danny! Ooooh! Dan! Harvey! Harvey! Ooooh! Haaarvey!

– Estamos aqui – gritaram os jovens em simultâneo.

Ouviam o barulho dos remos, mas não conseguiam ver nada, até que o cozinheiro, brilhando de suor, aproximou-se deles.

– O que aconteceu? – perguntou. – Uma boa reprimenda os espera a bordo.

– É o que queremos. Isso vai nos consolar – disse Dan. – Qualquer cara conhecida é bastante boa pra nós. Tivemos uma companhia bem desagradável.

Enquanto o cozinheiro lhes passava uma corda, Dan contou o que acontecera.

– Claro. Veio buscar o punhal – disse, encerrando o relato.

Nunca o We're Here, apesar de todos os movimentos, pareceu-lhe tão acolhedor como quando o cozinheiro, que nascera e fora criado na neblina, levou-os para a embarcação. Uma luz cálida saía do camarote, da proa vinha um aroma apetitoso e era algo celestial ouvir Disko e os outros membros da tripulação, gente de carne e osso, debruçados sobre a borda, prometendo-lhes uma reprimenda soberana quando estivessem a bordo. Mas o cozinheiro era um mestre de diplomacia. Não arrumaram os dóris até relatarem os pontos mais notáveis da história, explicando, enquanto efetuavam as manobras necessárias, que Harvey era mascote a bordo, destruiria qualquer possível golpe de azar. Por isso, quando chegaram, os dois jovens se tornaram uma espécie de heróis de um conto de terror e todos lhes faziam perguntas, em vez de os repreenderem por terem se metido em apuros. O pequeno Penn fez o que considerava um discurso sobre as superstições absurdas, mas a opinião pública estava contra ele e a favor de Long Jack, que contou as mais apavorantes histórias de fantasmas até quase meia-noite. Ante aquelas palavras, ninguém, exceto Penn e o tio Salters, disse algo sobre "idolatria" quando o cozinheiro colocou uma vela acesa, um pastel, água e uma pitada de sal numa vasilha flutuante e a depositou na água para afastar o francês, caso sua alma não houvesse encontrado a paz. Dan acendeu a vela, pois havia comprado o cinturão, e o cozinheiro sussurrava fórmulas de encantamentos, até que deixou de ser visível o tênue ponto da chama.

– E o que têm a ver as superstições com o progresso? – perguntou Harvey a Dan quando estavam indo se deitar, após terem terminado a guarda.

– Bom, vai ver. Sou tão progressista como qualquer um e tão inimigo das superstições como os demais, mas quando se trata de um marinheiro de St. Malo, que se dedica a assustar um par de jovens por um punhal de trinta centavos, então o cozinheiro pode fazer o que quiser. Desconfio dos estrangeiros, vivos ou mortos.

Na manhã seguinte, todos, exceto o cozinheiro, estavam envergonhados pela cerimônia e trabalharam falando entre si de forma lacônica.

O We're Here realizava uma corrida obstinada com o Parry Norman pelo derradeiro pescado para encher seus porões. Eram tão parecidas as possibilidades de ambos os veleiros que a frota se dividiu em dois grupos, e fizeram apostas valendo tabaco. Os tripulantes dos dois barcos trabalhavam nas redes de pesca ou na salga, até caírem de sono em seus postos, começando antes da madrugada e acabando quando já não se via nada. Recorreram ao cozinheiro para que os ajudasse, puseram Harvey no porão para que carregasse o sal enquanto Dan ajudava a cortar o peixe. Por sorte, um dos tripulantes do Parry Norman torceu o tornozelo ao cair do castelo da proa, e o We're Here ganhou a peleja. Harvey não conseguia entender como cabia mais uma libra nos porões, mas Disko e Tom Platt continuavam empilhando, deslocando pesadas pedras tiradas do lastro, então sempre restava "mais um dia de trabalho". Disko não lhes informou quando terminaria todo o sal. Às dez da manhã de um certo dia, começou a hastear a maior. Ao meio-dia já estavam erguidas a dianteira e outra vela. Chegaram botes com cartas para as famílias dos pescadores que ficavam e enviavam boas-novas. Por fim, limparam o convés, a bandeira foi desfraldada – direito concedido ao veleiro que primeiro deixa o banco – e a âncora foi levantada, e o veleiro começou a se mover. Disko, com o pretexto de fazer um favor aos que não haviam tido oportunidade de mandar notícias à casa, percorreu a linha de escunas com sua embarcação. Na verdade, era uma procissão triunfal. Como havia cinco anos que isso se repetia, demonstrava assim que era um bravo marinheiro. O acordeão de Dan e o violino de Tom Platt proporcionavam a música apropriada para cantar estes versos mágicos, que só se pode entoar quando o sal esgotou na totalidade:

Hi, hi, Yo ho. Mandai vossas cartas!
Acabamos com todo o sal
Levantamos a âncora!
Enfunem vossas velas principais,
Voltamos à pátria com mil e quinhentos quintais
E outros mil e quinhentos quintais.
Mil e quinhentos quintais até o topo
Entre Queereau e o Grande Banco.

As derradeiras cartas caíram sobre a ponte, atadas a pedaços de carvão; os pescadores de Gloucester gritaram mensagens às suas mulheres e aos parentes, enquanto o We're Here terminava o desfile musical entre a frota, com as velas dianteiras balançando ao vento, agitando-se como a mão de um homem que dá adeus.

Harvey compreendeu logo que existia uma diferença fundamental entre o We're Here quando se dirigia de um ponto de ancoragem a outro e o próprio veleiro ao cortar o mar rumo ao Sul com todo o velame enfunado. A roda do timão girava com tempo ainda de bonança, que os tripulantes chamavam de "jovem", por lhes permitir manejá-lo facilmente. Percebia como se movia o peso morto no porão a cada onda; a corrente de borbulhas o atordoava, e a embarcação deixava tudo para trás.

Disko os mantinha ocupados manobrando os panos; quando estavam esticados como os de um barco de regatas, Dan precisava desenrolar ou apertar as velas. Quando estavam sem fazer nada, manejavam as bombas, pois o pescado destilava água, o que não melhora nem a qualidade nem a estabilidade da carga. Como não pescavam mais, Harvey tinha a chance de vislumbrar o mar de um ponto de vista bastante peculiar. O veleiro de convés baixo tinha uma ligação íntima com o ambiente em que se movia. Viam pouco o horizonte, exceto quando estavam sobre uma onda. Em geral, a embarcação parecia se mover precipitada, aos golpes e puxões, seguindo seu caminho reto, através de abismos cinza, azuis ou negros, cercada por pontos de espuma cintilante. O veleiro se movia calmo ao longo de uma colina formada por uma onda. Era como se dissesse: "Vai me causar problemas? Sou apenas o pequeno We're Here". Então seguia suave até alcançar sua posição normal, à espera de um novo obstáculo. Até a pessoa mais idiota não pode assistir a esse espetáculo sem notar isso, e como Harvey não era idiota, passou a perceber e a gostar daquele coro de ondulações, que caíam umas sobre as outras com um barulho incessante, como se algo fosse rasgado. Começou a pressentir a velocidade do vento que deslizava por aqueles espaços abertos, reunindo como um pastor o rebanho de nuvens azul-purpúreas, a esplêndida orgia de luzes e sombras da aurora, o dissipar da névoa matutina, o fulgor da lua, a chuva que beijava aquela extensa superfície deserta, o frio que se sentia ao pôr do sol, os milhões de vincos ondulantes que revelavam a luz da lua à tona das águas, quando o gurupés apontava para as estrelas e Harvey ia à cozinha pegar roscas.

Mas a melhor diversão foi quando encarregaram os dois jovens de manejar o timão, sob o olhar de Tom Platt, para não acontecer nada de grave. Lançaram-se pelo lado esquerdo, como se quisessem abraçar o azul do céu sobre o cabrestante; a água que o navio fazia saltar formou por instantes um arco-íris. Então as garras da verga da proa gemeram contra o mastro maior, apertaram os cabos e as velas sibilaram. Quando o veleiro entrou num abismo, tropeçou como uma mulher cujos pés se enredam no próprio vestido. Saiu dali com a genoa encharcada, anelando encontrar as grandes luzes gêmeas da ilha Thatcher.

Deixaram o ambiente cinzento e frio do banco e seguiram os desproporcionados transportes de madeira que se dirigiam ao Quebec, pelo estreito de San Lorenzo, os bergantins de Jérsei carregados de sal oriundos da Espanha e da Sicília. Encontraram um vento Nordeste favorável, perto do Recife de Artimon, que os levou ao farol Leste da Ilha de Sable, espetáculo com o qual Disko não quis perder tempo para sair desse ponto, passaram por Western e Le Have, no extremo norte de George. Dali tinham diante de si o mar aberto e deixaram que a escuna navegasse a toda velocidade.

– Hattie está puxando a corda – disse Dan, confiando em Harvey. – Hattie e mamãe. No próximo domingo, terá de contratar um rapaz pra avisar a hora de dormir. Suponho que ficará conosco até sua família chegar. Sabe o que é melhor ao voltar pra casa?

– Um banho quente? – perguntou Harvey, cujas sobrancelhas estavam alvas de água salgada.

– Isso é bom, mas um pijama pra dormir é muito melhor, poder mover os dedos dos pés. Sonhei com isso desde que içamos a principal. Mamãe terá um novo pra mim, bem limpinho, e eu sentirei o tecido. Vamos pra casa! Harvey! A casa! Pode sentir o ar. Entramos agora numa onda de calor, posso sentir o aroma dos loureiros. Pergunto-me se chegaremos a tempo de comer.

Um pouco à esquerda, as velas vacilantes se inclinavam agitadas pelo vento, enquanto a água suavizava seus traços, adquirindo um aspecto azul e oleoso em torno do barco. Quando desejavam bons ventos, caía sobre eles uma chuva fina que tamborilava sobre o convés, por trás surgiam os raios e os trovões, típicos de meados de agosto. Estavam deitados sobre o convés, com os braços abertos e os pés descalços, falando sobre o que pediriam para comer a primeira vez que pisassem em terra, pois agora a costa já se distinguia. Um barco de pesca de peixe-espada de Gloucester se deixava levar pela corrente ao lado deles. Um marujo com um arpão, sentado na retranca da popa, com a cabeça descoberta e como que engessada pelo sal e a umidade, gritou:

– Está tudo bem! – exclamou entusiasmado, como se fosse o vigia de um cruzeiro. – Wouvermann te espera, Disko. Que notícias tem da frota?

Disko respondeu aos gritos e seguiu seu rumo, enquanto aquela tormenta feroz de verão desabava sobre eles e os raios eclodiam em todos os pontos do horizonte. Reproduzindo-se de maneira instantânea, surgindo e desaparecendo uma dezena de vezes por minuto, o círculo de colinas baixas que contorna Gloucester, a ilha de Ten Pounds, as redes de pesca e a linha ziguezagueante dos tetos das casas, enquanto o We're Here avançava com a proa quase submersa, as sirenes das boias sibilando e se queixando atrás dele. Então o fim da tormenta se anunciou em longas, isoladas e malignas adagas de fogo, ao que se seguiu um rugido único, como se fosse uma bateria de morteiros. O ar agitado pela tormenta difundia a luz vacilante das estrelas.

– A bandeira, a bandeira! – bradou Disko de repente, apontando ao alto.

– O que se passa? – perguntou Long Jack.

– Otto! Põe a bandeira a meia haste! Já nos veem da costa!

– Esqueci por completo. Não tinha parentes em Gloucester, verdade?

– Não, só a jovem com quem pensava se casar, quando terminasse a temporada da pesca.

– Que a Virgem tenha piedade dela – disse Long Jack, baixando a bandeira a meia haste em memória de Otto, arrastado mar afora por uma onda em Le Have, três meses antes.

Disko enxugou a umidade dos olhos e conduziu o We're Here ao cais de Wouverman, murmurando suas ordens. A escuna abria o caminho entre os rebocadores atracados e a tranquilidade dos barcos ancorados, e muitos os saudavam aos gritos dos extremos do cais. Sobre a escuridão e o mistério daquela procissão, Harvey sentia cada vez mais a proximidade da costa, onde dormiam milhares de pessoas, de lá partia um cheiro de terra molhada, o barulho familiar de uma locomotiva que tossia numa estação de descarga. Todas essas coisas aceleravam as batidas do seu coração, produziam-lhe uma angústia extrema, enquanto observava de pé, perto do traquete. Ouviram o roncar sereno de um rebocador, meio submerso num poço escuro, e ao lado estavam dois faróis acesos. Alguém despertou resmungando, jogou-lhes um cabo e o amarrou no atracadouro, sobre o qual sobressaíam grandes tetos de ferro longitudinais.

Ficaram ali sem dizer qualquer coisa.

Então Harvey, que estava agora perto do timão, chorou como se lhe fosse partir o coração. Uma mulher alta, que estava sentada numa balança, subiu ao barco e beijou Dan nas bochechas. Era sua mãe, que vislumbrara o We're Here à luz dos relâmpagos. Não prestou atenção em Harvey, até se repor da emoção. Disko lhe contou a história do jovem. Já amanhecera quando Harvey se dirigiu com a família de Dan para a casa deste.

Até que os escritórios e telégrafos abrissem para avisar seus pais, Harvey Cheyne foi, talvez, o jovem mais solitário de todo os Estados Unidos. Contudo, o mais curioso era que nem Disko nem Dan o desmereciam por ter chorado.

Wouverman não estava disposto a aceitar os preços de Disko, até que este, certo de ter uma semana de vantagem sobre qualquer um dos veleiros de Gloucester, deu-lhe alguns dias de prazo para pensar. Todos os tripulantes foram passear. Long Jack se entretinha com os bondes que encontrava, em princípio, dizia ele, até que o condutor permitisse que viajasse de graça. Dan caminhava muito orgulhoso, o nariz sardento empinado, com um ar que à sua família parecia enigmático e sobranceiro.

– Dan, precisarei te castigar se continuar te portando dessa maneira – disse Troop pensativo. – Desde que chegamos, age com insolência.

– Eu também daria uma reprimenda nele se fosse meu filho – falou de maneira confusa e com mau humor o tio Salters, que também vivia com os Troop, além de Penn.

– Ei! – gritou Dan, tocando o acordeão na parte superior da casa, disposto a saltar sobre a cerca se o inimigo avançasse. – Pai, já está com suas ideias, mas lembre-se de que o adverti. Um da sua própria carne e sangue o alertou! Não é minha culpa se errou, mas estarei no convés pra te vigiar. Quanto ao tio Salters, o chefe dos conselheiros do faraó não era nada comparado ao senhor. Espera e verá. Será enterrado sob seu maldito trevo. Mas eu, Dan Troop, ficarei resplandecente como um louro, pois não me equivoquei em minha opinião.

Disko fumava com toda dignidade de alguém da costa, os pés envoltos em belíssimos sapatos de pano.

– Está ficando louco como o pobre Harvey. Não faz mais do que rir em segredo; cochicham, dão pontapés debaixo da mesa, até que não haja mais paz nesta casa – disse o pai.

– Haverá menos paz... pra alguns – retorquiu Dan. – Espera e vai ver.

Ele e Harvey foram pela linha do bonde a Gloucester, onde caminharam através dos bosques de loureiros até o farol. Deitaram-se sobre os seixos e ficaram rindo, até que sentiram fome. Harvey mostrou a Dan um telegrama, e ambos se comprometeram a guardar silêncio até que a bomba explodisse.

– A família de Harvey? – disse Dan, sem mexer um músculo do rosto após o jantar. – Creio que não são grande coisa ou, ao contrário, já teríamos ouvido algo sobre eles. O pai dele tem uma casa lá no Oeste. É possível que lhe dê, na melhor das hipóteses, cinco dólares, pai.

– O que eu disse? – falou Salters. – E não cuspa a comida quando estiver falando, Dan.

CAPÍTULO IX

SEJAM QUAIS FOREM as preocupações particulares, um multimilionário, como todo homem que trabalha, deve estar à frente de seus negócios. O pai de Harvey Cheyne se dirigiu para o Leste, no fim de junho, ao encontro de uma mulher destruída que sonhava noite e dia com a morte do filho nas águas cinzentas do oceano. Cercou-a de médicos, enfermeiras especializadas, massagistas e pessoas que acreditam na cura por meios mentais, embora tudo resultasse inútil. A senhora Cheyne não se levantava da cama; soluçava e falava do filho a quem quisesse ouvi-la. Não tinha nenhuma esperança. Quem lhe daria alguma? Apenas precisava que lhe assegurassem que a morte na água não produzia dor. Seu esposo a velava, evitando falar dos próprios sofrimentos. Ele se precavia para que ela não tentasse experimentar o mesmo.

O pai não falava da sua aflição. Compreendera sua profundidade, quando se perguntou certa vez, diante de um calendário:

– Para quê continuar com isso?

No mais fundo da sua mente pensara que um dia, quando todos os seus negócios estivessem encaminhados e o filho tivesse concluído os estudos universitários, abriria o seu coração e o deixaria à frente de tudo. Como pensam todos os pais ocupados, o jovem seria transformado então em seu companheiro, sócio e aliado, ao que se seguiriam anos fantásticos de trabalho, com os dois colaborando, abrandando a experiência de um, a atividade juvenil do outro. Mas seu filho falecera como o marinheiro sueco de um dos seus veleiros que transportavam chá. A esposa definhava, ou poderia acontecer algo pior. Ele mesmo se sentia esmagado pelo exército de mulheres, médicos e ajudantes; farto, até o limite do razoável, dos caprichos de sua pobre esposa; sem esperança; sem forças para fazer frente aos seus numerosos inimigos.

Trasladara a mulher para sua nova mansão de San Diego, pronta para estrear, onde a esposa e o pessoal que cuidava dela ocupavam uma das luxuosas alas, enquanto Cheyne, num quarto que parecia uma galeria, sentado em seu escritório, perto da mecanógrafa, que também era telegrafista, seguia entre o cansaço dos dias. Havia uma guerra de tarifas entre quatro ferrovias do Oeste, na qual deveria estar interessado; uma greve devastadora colapsava seus acampamentos madeireiros do Oregon e a justiça da Califórnia, que não tinha apreço algum por quem a criara, estava preparando uma guerra aberta contra ele. Em geral, aceitaria a batalha assim que fosse travada, e organizada uma campanha cortês e sem escrúpulos.

Agora estava sentado com o olhar vazio, o chapéu negro de feltro caído sobre a testa, e o corpo retraído de um gigante, observando as botas ou os juncos orientais na baía, respondendo distraído às perguntas do secretário, enquanto abria a correspondência.

Cheyne se interrogava sobre quanto lhe custaria abandonar tudo e se retirar. Particularmente, estava muito confortável, podia comprar seguros ainda mais robustos. Entre uma das suas casas, no Colorado, um pouco de sociedade (o que teria bastante efeito sobre sua esposa), por exemplo em Washington, e as ilhas da Carolina do Sul, um homem pode esquecer os projetos fracassados. Por outro lado... A batida da máquina de escrever parou. A mecanógrafa olhava o secretário, que ficara lívido. Este entregou a Cheyne um telegrama retransmitido de San Francisco:

Recolhido pelo veleiro We're Here, depois de cair do barco. Passei esse tempo pescando no recife. Está tudo bem. Espero em Gloucester, estado de Massachusetts, em casa de Disko Troop, dinheiro e ordens. Telegrafar o que devo fazer. Como está mamãe?

HARVEY N. CHEYNE

O pai deixou o papel cair, apoiou a cabeça na cortina do escritório e respirou fundo. O secretário correu para buscar o médico da senhora Cheyne, que encontrou o marido andando pelo cômodo, dando longos passos.

– O que... o que pensa disso? É possível? Isso faz algum sentido? Não consigo entender – gritou.

– Pois eu consigo – disse o doutor. – Perco sete mil dólares ao ano. Isso é tudo – respondeu, lembrando-se dos seus pacientes nova-iorquinos que abandonara a pedido de Cheyne, devolvendo o telegrama com um profundo suspiro.

– Poderia dar a notícia à minha esposa? Pode ser uma farsa.

– Por quê? Qual o motivo? – disse o doutor em tom frio. – Você vai descobrir em breve. Não há dúvida de que é o seu filho.

Naquele momento, uma jovem mulher francesa entrou, com a imprudência própria de uma pessoa indispensável, a quem só se retém com o pagamento de salários muito altos.

– A senhora Cheyne pede que vá vê-la de imediato. Acha que o senhor está doente.

Aquele homem de trinta milhões baixou a cabeça de maneira dócil e foi ver a mulher.

Ouviu-se da grande escadaria de madeira uma voz frágil e de timbre agudo perguntando:

– O que aconteceu? O que foi?

Nenhuma porta conseguiu absorver o alarido que ecoou por toda a casa quando seu esposo lhe contou a notícia.

– Está tudo bem – acentuou o médico, sereno, à mecanógrafa. – A única afirmação de natureza médica certa na literatura é que a alegria não mata, senhorita Kinzey.

– Eu sei, mas vamos ter muita coisa para fazer.

A senhorita Kinzey era do Milwaukee, portanto expressava-se de maneira sincera. E como estava interessada no secretário, encantou-a a ideia de que trabalhariam juntos. Este observava um grande mapa dos Estados Unidos pendurado na parede.

– Milsom! Vamos fazer uma viagem. Vagão particular, direto até Boston. Encarregue-se dos preparativos necessários – gritou Cheyne da escadaria.

– Já imaginava.

O secretário voltou-se para a mecanógrafa. Seus olhares se encontraram, resultando outra história que não tem nada a ver com esta. Ela o analisava interrogativa, pensando que seria incapaz de resolver o problema. O secretário lhe ordenou que preparasse o telégrafo como um general dispõe suas tropas para a batalha.

Passou a mão pelo cabelo, como faria um músico, olhou o teto e começou a trabalhar, enquanto os dedos brancos da senhorita Kinzey contatavam diversas estações dos Estados Unidos.

– K. H. Wade, Los Angeles. Constance está em Los Angeles. Não é assim, senhorita Kinzey?

– Sim – assentiu ela, continuando a telegrafar.

O secretário olhava o relógio.

– Pronta? Envie Constance e acerte o horário do vagão particular que, saindo daqui no domingo, chegue a tempo para passar pelas linhas da New York Limited na estação da rua 16, na próxima terça.

Click, click, click, soava o telégrafo.

– Poderia melhorar isso?

– Não nestas condições. Isso lhes dá sessenta horas daqui até Chicago. Não conseguirão nada pegando um trem especial a Leste de Chicago. Pronta? Procure sincronizar os horários com a Lake Shore & Michigan Southern para levar Constance à New York Central, e de Hudson River Buffalo até Albany. Também com B. A. para o mesmo, de Albany até Boston. Indispensável que me encontre em Boston na quarta-feira. Tome todas as precauções necessárias, procurando evitar qualquer atraso. Telegrafar também a Cannif, Toucey e Barnes. Assinado: CHEYNE.

A senhorita Kinzey aquiesceu com um movimento de cabeça, e o secretário continuou:

– Agora os telegramas para Cannif, Toucey e Barnes. Pronta? Cannif. Chicago. Levar vagão particular Constance, que chegará à estação da rua 16, procedente de Santa Fé, na terça à tarde, e conduzi-lo às linhas da N.Y. Limited através de Buffalo, entregá-lo para N.Y.C. rumo a Albany. Nunca esteve em Nova Iorque, senhorita Kinzey? Iremos lá algum dia. Pronta? Levem vagão até Albany na terça à tarde. Isso é para Toucey!

– Nunca estive em Nova Iorque, mas sabia que o último era para Toucey – disse a senhorita Kinzey, baixando a cabeça.

– Desculpe. Agora, Boston e Albany; para Barnes, as mesmas instruções de Albany até Boston. Sairá às três ou cinco da tarde (não precisa telegrafar isso) e chegará na quarta-feira às nove da noite. Com isso, estamos seguros de qualquer eventualidade. Wade cumprirá, mas sempre convém fazer esses diretores se mexerem.

– É fantástico – disse a senhorita Kinzey com um olhar de admiração.

Aquele era o gênero de homem que ela compreendia e admirava.

– Não está de todo mal – observou Milsom, em tom de modéstia. Qualquer pessoa teria perdido trinta horas, empregado uma semana a estudar um plano, em vez de encarregar o trabalho à ferrovia de Santa Fé até Chicago.

– Ouça... sobre essa conexão com a New York Limited. O próprio Chauncey Depew não pode deixar passar vagões por aí – disse a senhorita Kinzey, recuperando-se um pouco.

– Sim, mas agora não é Chauncey. É Cheyne. Vão cumprir tudo num relâmpago.

– Mesmo assim acho que o melhor é telegrafar ao rapaz. De resto, só se esqueceu disso.

– Vou consultá-lo.

Quando voltou com a resposta do pai, em que indicava a Harvey que os esperasse em Boston numa determinada hora, encontrou a senhorita Kinzey rindo sobre os telegramas que estavam chegando. Milsom sorriu também, pois os telegramas que chegavam freneticamente de Los Angeles diziam: "Queremos saber a razão. Está se produzindo um mal-estar geral".

Dez minutos mais tarde, Chicago apelava à senhorita Kinzey nos seguintes termos: "Se estão preparando o crime do século, avisem os amigos, para nos proteger".

Chegou outro telegrama de Topeka (nem mesmo Milsom sabia que Topeka tinha a ver com o assunto): "Não dispare, coronel. Nos rendemos".

Cheyne sorriu de maneira consternada dos seus inimigos quando leu os telegramas que lhe mostraram.

– Se pensam que estamos em guerra, Milsom, diga-lhes que não temos intenção de pelejar agora. Informe-lhes o que vamos fazer. Creio que será melhor que você e a senhorita Kinzey venham conosco, embora acredite que não tratarei de negócios pelo caminho. Diga-lhes a verdade... desta vez.

Milsom contou o que acontecera. A senhorita Kinzey expressou o sentimento dos telegramas explicativos, terminando com a sentença memorável:

– Que reine a paz!

A três mil quilômetros de distância e despendendo três milhões de dólares, para manipular ações ferroviárias, muitos respiraram tranquilos. Cheyne voava para encontrar o filho único, salvo por um milagre. O osso ia atrás do seu cão e não queria encontrar agora com os cães de caça. Homens duros, que tinham puxado o punhal para lutar por sua vida como financeiros, embainharam as armas e desejaram boa viagem, enquanto outra meia dúzia de aterrorizados proprietários de linhas de trens levantaram a cabeça orgulhosamente e contaram façanhas maravilhosas que teriam feito se Cheyne não tivesse enterrado o machado de guerra.

Os telégrafos trabalharam com toda intensidade naquele fim de semana, pois, agora que desaparecera a inquietação, os homens e as cidades tinham pressa em cumprir as ordens.

Los Angeles chamou San Diego e Barstow para que os engenheiros da Southern California fossem informados e se preparassem em suas remotas estações. Barstow passou as ordens. Albuquerque se encarregou do longo trajeto entre Atchison, Topeka e Santa Fé até Chicago. Uma locomotiva, o vagão-tanque, um vagão de carga e Constance deveriam percorrer aqueles 3.760 quilômetros. O trem teria preferência sobre outros 177. Era preciso avisar desse fato seus maquinistas e o pessoal das linhas. Seriam necessários dezesseis locomotivas, dezesseis maquinistas e dezesseis foguistas, os melhores que fora possível conseguir. Teriam dois minutos e meio para mudar de locomotiva, três para reabastecer de carvão e dois para a água.

Arranje todo o pessoal, arrume as trocas e o abastecimento de acordo com isso, pois Harvey Cheyne tem pressa, pressa, pressa, diziam os telegramas.

Espera-se fazer 64 quilômetros por hora. O diretor de cada seção acompanhará esse trem especial, enquanto permanecer em seu respectivo território. Desenrolem um tapete mágico de San Diego à estação da rua 16 de Chicago. Rápido!

– Vai fazer calor – disse Cheyne, enquanto o trem saía da estação de San Diego na tarde de domingo. – Vamos acelerar todo o possível, querida, mas não acredito que valha a pena colocar já o chapéu e as luvas. Será melhor descansar um pouco, e tomar o que o médico receitou. Gostaria de jogar dominó contigo, mas hoje é domingo.

– Não pense que vai acontecer alguma coisa comigo. Estou bem. Mas, se tirar o chapéu e as luvas, parece que não chegaremos nunca.

– Tenta dormir um pouco, querida, estaremos em Chicago antes que te dês conta.

– Chicago não me interessa. Vamos direto a Boston. Diz-lhes para se apressarem.

As bielas de 1,80 metro se abriam em ritmo martelado por São Bernardino e no deserto do Mojave, mas ali o declive era demasiado acentuado para grandes velocidades. Isso viria mais tarde. O calor do deserto seguiu ao que reinava nas colinas, quando dobraram para Leste, em Needles e no Rio Colorado. O vagão chiava sob a total e genuína aridez e a luz deslumbrante.

Tiveram de usar uma bolsa de gelo na nuca da senhora Cheyne, enquanto o trem ascendia por aquelas encostas, passando Ash Fork, em direção a Flagstaff, onde crescem as árvores sob um céu seco e remoto. O ponteiro do velocímetro avançava e retrocedia veloz, caíam cinzas sobre o teto e um turbilhão de poeira acompanhava as rodas, que giravam céleres. Os empregados do vagão de carga estavam sentados em seus lugares, ofegantes e em mangas de camisa.

Cheyne estava entre eles contando, sob o estrondo do vagão, antigas histórias ferroviárias que todo maquinista conhece. Falou sobre a história de seu filho e como o mar o havia devolvido, após todos acreditarem que estava morto, eles baixaram as cabeças, cuspiram e se alegraram com ele. Então perguntaram por "ela ali atrás", se aguentaria que o maquinista aumentasse a velocidade, e Cheyne disse que sim. De acordo com isso, "soltaram" o grande cavalo de fogo, a partir de Flagstaff até Winslow, quando um engenheiro das vias reclamou. Mas a senhora Cheyne, em seu luxuoso toucador do vagão particular, apenas se queixou um pouco e pediu ao esposo que lhes dissesse para irem mais depressa, enquanto a jovem donzela francesa, lívida de apreensão, segurava a maçaneta prateada da porta. Dessa maneira, saíram das areias estéreis e das rochas do Arizona, que a lua prateava, até que os cumes e o barulho dos freios anunciaram que estavam em Coolidge, próximo da linha divisória continental.

Três homens audazes e experientes, frios, com total confiança em si mesmos, de gestos secos quando iniciaram o trabalho, agora pálidos, trêmulos e empapados em suor, concluíram seu labor, conduzindo o trem de Albuquerque até Glorietta, além de Springer, sempre mais acima, passando o Túnel da Ratazana, no limite do estado, de onde se dirigiram para La Junta, viram o rio Arkansas e subiram até a cidade de Dodge, onde Cheyne se alegrou de precisar adiantar seu relógio uma hora.

No vagão, falava-se muito pouco. O secretário e a mecanógrafa estavam sentados nos cadeirões espanhóis de couro estampado, perto da janela panorâmica ao fundo, divisando os trilhos, que surgiam e desapareciam como as ondas do mar, acumulando-se sobre o horizonte. Cheyne se movia nervoso entre o luxo extravagante do seu vagão e a dura nudez da carga, mordendo entre os lábios um cigarro que não parava de acender, até que os trabalhadores se compadeceram dele, esqueceram que era inimigo da sua tribo e fizeram de tudo para o entreter.

À noite, os grupos de lâmpadas elétricas iluminaram aquele luxuoso local assombrado pela aflição. Enquanto ceavam um lauto jantar, o trem vibrava como uma flecha através do deserto. Ouviram o ruído de um tanque de água e a voz gutural de um chinês, a batida dos martelos que testavam as rodas de aço Krupp, as súplicas de um vagabundo que encontraram escondido entre os eixos do vagão, o barulho do carvão a cair no tanque e o seu próprio eco ao passar outro trem. Agora eles olhavam lá embaixo, para os grandes abismos sob o trecho da linha férrea suspensa, ou para as rochas que pareciam ter sorvido a metade das estrelas.

Em vez de barrancas, desvelaram-se montanhas salientes até os limites do horizonte, depois se desfizeram em colinas de menor tamanho, até que por fim distinguiram as pradarias.

Em Dodge, um desconhecido lançou pela janelinha o exemplar de um jornal do Kansas que publicara uma espécie de entrevista com Harvey, e com certeza caiu nas mãos de um jornalista e este telegrafara os resultados a Boston. O alegre falatório jornalístico apresentava provas indiscutíveis de que aquele que surgiu era seu filho, e isso consolou a senhora Cheyne por algum tempo. O pessoal do trem transmitiu aos engenheiros de Nickerson, Topeka e Marcelina as palavras que aquela mulher pronunciava:

– Mais rápido!

Agora as cidades e os povoados se entreviam com menor distância entre si, e qualquer um podia perceber o que todos falavam.

– Não posso olhar o relógio, meus olhos doem. Como estamos indo?

– Faz-se o possível, mama. Não faria sentido chegar antes que o Limited. Estaremos lá conforme o combinado.

– Não me importa. Preciso sentir que nos movemos. Senta e me diz quantos quilômetros já percorremos.

Cheyne se sentou e explicou o que haviam percorrido até aquele momento (algumas das velocidades atingidas continuariam sendo recordes até hoje). Mas o vagão de mais de vinte metros de comprimento continuou se movendo através do calor com o zumbido de uma gigantesca abelha. Mesmo assim, sua velocidade não era o suficiente para a senhora Cheyne; o calor lhe causava tonturas, aquele calor impiedoso de agosto; ela sentia que os ponteiros dos relógios não se mexiam. Quando chegariam a Chicago?

Poucos sabem que, quando trocaram de locomotiva em Forte Madison, Cheyne entregou ao Sindicato de Trabalhadores Ferroviários um donativo que lhes permitia lutar em pé de igualdade. Pagou aos maquinistas e foguistas o que ele acreditava que mereciam. E só o seu banco sabe o que deu à equipe que simpatizou com ele. É sabido que, com toda a certeza, os responsáveis da última locomotiva tiveram a seu cargo a operação de trocar o trem das vias ao chegar à rua 16, pois, por fim, "ela" adormecera, e somente com a ajuda dos Céus conseguiram fazê-la seguir!

O especialista, que tem um grande salário e dirige a locomotiva pela linha da Lake Shore e Michigan Southern Limited, é um verdadeiro autocrata, não gosta que lhe digam como deve fazer para acoplar a locomotiva aos vagões. Mesmo assim, manobrou Constance como se fora um carregamento de dinamite e, quando a equipe o censurou, o fez em voz baixa.

– Ah! – disseram mais tarde os engenheiros e trabalhadores da linha Atchinson, Topeka e Santa Fé. – Não tentamos estabelecer um recorde dessa vez. A mulher de Harvey Cheyne estava doente e não quisemos assustá-la. Agora me lembro, levamos 57 horas e 54 minutos de San Diego a Chicago. Pode falar aos ferroviários do Leste. Quando tentarmos estabelecer um recorde, nós os avisaremos.

Para o pessoal do Leste – embora isso não agradasse nenhuma das cidades –, Chicago e Boston são cidades que ficam lado a lado; e algumas companhias ferroviárias fomentam essa impressão falsa. A Limited levou Constance como num turbilhão até Buffalo; os braços da New York Central e Hudson River a conduziram até Albany, não sem que antes alguns cavalheiros de longas costeletas e correntes de ouro nos relógios distraíssem a esposa de Cheyne, durante certo tempo de espera do combinado, para poder discutir negócios com Cheyne. De Albany, a mesma companhia completou a viagem até Boston, fazendo com que o trajeto de costa a costa durasse 87 horas e 35 minutos, ou seja, três dias e quinze horas e meia. Harvey os aguardava na estação.

Após a forte emoção, a maioria das pessoas e todos os jovens queriam comer alguma coisa. Festejaram a volta do filho pródigo, atrás das cortinas corridas, absortos em sua felicidade, enquanto à direita e à esquerda os trens rugiam. Harvey comeu, bebeu e contou as aventuras num só fôlego. Quando sua mão ficava livre, sua mãe a acariciava. A voz se tornara mais grossa ao ar livre, as palmas das mãos eram duras e tinham calos, nos punhos viam-se as marcas das feridas que seu trabalho produzira, as botas de borracha e a roupa azul exalavam um leve odor de bacalhau.

Seu pai, acostumado a avaliar os homens, observava-o com atenção. Não sabia se o jovem suportara algo que deixaria vestígios para sempre. Surpreendeu-se quando lhe ocorreu que na realidade conhecia muito pouco o filho; recordava com clareza uma cara gorducha de um jovem exigente, que se divertia em exasperar o pai e fazer chorar a mãe, como essas pessoas que constituíam a diversão dos lugares públicos e dos vestíbulos dos hotéis, onde os filhos dos milionários zombavam dos jovens mensageiros que carregavam as malas. Mas este jovem pescador, bem firme em suas pernas, não se furtava, olhava fixamente nos olhos sem se desviar, falando em tom nítido, surpreendente e respeitoso. Havia algo no timbre de sua voz que parecia prometer uma mudança definitiva, um novo Harvey viera para ficar. *Alguém o fez entrar numa vereda*, pensou Cheyne. *Constance jamais consentiria isso. Tampouco creio que uma viagem à Europa produziria tão bons resultados*.

– Mas por que não disse a esse homem, Troop, como se chama, quem era? – inquiriu a mãe outra vez, depois que Harvey repetiu sua história pela segunda vez.

– Disko Troop, mãe. O melhor homem que alguma vez pisou o convés de um barco. Não interessa saber quem será o próximo.

– Por que não lhe disse para te deixar em alguma costa? Sabe muito bem que seu pai trataria de recompensá-lo sobremaneira.

– Eu sei, mas ele pensou que eu estava louco. Acho que o chamei de ladrão, pois não encontrei meu maço de dinheiro no bolso.

– Um marinheiro encontrou seu dinheiro naquela noite perto do mastro da bandeira – disse a senhora Cheyne soluçando.

– Isso explica muitas coisas. Não culpo Troop de nada. Disse-lhe que não queria trabalhar, muito menos numa escuna... como é natural, deu-me um tapa que me fez sangrar o nariz como um porco degolado.

– Meu pobre filho! Devem ter abusado muito de ti.

– Não sei exatamente. Depois disso, as coisas se espaireceram.

Isso bateu no nervo, Cheyne riu baixinho. Esse rapaz ia ser como o seu coração sonhava. Nunca vira aquele relampaguear nos olhos de Harvey.

– O velho me prometeu dez dólares e meio por mês. Já me pagou a metade. Arregacei as mangas e aprendi. Contudo, não posso fazer o trabalho de um homem, mas consigo conduzir um dóri quase tão bem quanto Dan, não me perco na neblina, consigo dirigir o timão quando o vento não está muito forte, colocar a isca numa rede; conheço todas as velas e posso pescar; conheço bem o livro de Flávio Josefo, demonstrarei como passar o café com um pedaço de pele de peixe, e... acho que vou tomar outra caneca. Não tem ideia do que é preciso fazer para ganhar dez dólares e meio ao mês.

– Eu comecei com oito e meio, meu filho – disse Cheyne.

– Sério? Jamais me contou isso.

– Nunca perguntou, Harvey. Um dia contarei, se tiver interesse em me ouvir. Prova uma dessas azeitonas.

– Troop disse que o mais interessante é como um homem coloca a inteligência no seu trabalho. É fantástico ter de novo uma comida tão boa como esta. Mas, pode não acreditar, a bordo se come muito bem. A melhor comida dos recifes. Disko nos oferece uma alimentação de primeira categoria. É um grande homem. E Dan!... seu filho, ele é meu parceiro. E tem também o tio Salters, com suas ideias sobre os fertilizantes e que lê a revista *Joseph*. Mas ele pensa que estou louco. Não posso esquecer do pequeno Penn, esse sim está louco. Nunca fale de Johnstown porque... e, oh!, vai conhecer Tom Platt e Long Jack e Manuel. Foi ele que me salvou. Pena que é português. Não fala muito inglês, mas é um bom músico. Ele me encontrou quando estava à deriva e me puxou para o seu dóri.

– Espanta-me que não tenha os nervos desfeitos – disse a senhora Cheyne.

– Por que, mamãe? Eu trabalhava como um cavalo, comia como um porco e dormia como um morto.

A última comparação foi demais para a pobre senhora, em cuja memória acudiram a lembrança de um afogado flutuando no mar. Levaram-na para seus cômodos, e Harvey se sentou ao lado do pai, explicando a dívida enorme de gratidão que contraíra com os homens do We're Here.

– Pode ter certeza, Harvey, farei tudo o que puder por essa tripulação. Pelo que me diz, são todos homens de caráter.

– Pai, são os melhores de toda a frota. Pergunta em toda Gloucester – disse Harvey. – Mas Disko crê que ele me curou da loucura. Dan é o único a quem falei a sério sobre você, dos nossos trens particulares e tudo mais. Apesar disso, não tenho certeza de que Dan acredite em mim. Será possível levar Constance até Gloucester? Não me parece que mamãe esteja preparada para se mexer, sou obrigado a terminar de limpar o peixe amanhã.

Wouverman vai comprar todo o nosso pescado. Fomos os primeiros a chegar dos recifes e nos ofereceram 4,25 por quintal. Nós nos mantivemos firmes até que Troop decidiu aceitar o preço. Agora querem tudo pronto.

– Está dizendo que tem de trabalhar amanhã?

– Prometi a Troop. Estou nas balanças e sou o encarregado das contas – acrescentou Harvey, tirando e observando com ar importante um caderno sujo que quase fez o pai engasgar.

– Pode contratar alguém para substituí-lo – sugeriu Cheyne, para ver o que o filho diria.

– Impossível, pai. Sou o responsável pelas contas da escuna. Troop disse que tenho mais cabeça para os números do que Dan. Troop é um homem muito justo.

– Bom, suponhamos que eu ordene que Constance não saia esta noite. Como vai se virar?

Harvey olhou o relógio, que marcava onze e vinte.

– Dormirei aqui até as três e tomarei o trem de carga às quatro da manhã. Em geral, deixam os homens da frota viajar de graça.

– É uma possibilidade. Parece-me que posso conseguir que Constance chegue quase na mesma hora. É melhor descansar.

Harvey se jogou no sofá, tirou as botas e adormeceu antes que o pai pudesse apagar as luzes. Cheyne se sentou observando aquele rosto juvenil, sob a sombra do braço, apoiado na testa. Entre as muitas coisas que aconteceram naquele momento, uma delas consistiu em interrogar a si mesmo se cumprira seus deveres de pai. "Nunca sabemos quando se corre o maior dos perigos", repetiu a si mesmo. "Poderia ter sido muito pior morrer afogado, mas não me parece. Se assim não for, não tenho dinheiro o bastante para pagar Troop."

Na manhã seguinte, uma brisa marinha e fresca entrou pelas janelas do vagão. Constance estava na estação de Gloucester ao lado de trens de carga. Harvey fora cumprir sua obrigação.

– Vai cair outra vez pela borda e se afogar – disse a mãe numa entoação amarga.

– Nós iremos até ele e jogaremos uma corda, caso isso ocorra. Nunca o vi trabalhar para ganhar o pão.

– Que besteira! Como se alguém esperasse que ele...

– Bom, de toda maneira, o homem que lhe deu trabalho como grumete esperava isso e mais dele, creio que fez bem.

Seguiram para o cais, passando por habitações onde se expunham capas impermeáveis de pescadores até o atracadouro de Wouverman, onde estava o We're Here. Hasteada a bandeira do recife, todos os integrantes da tripulação trabalhavam como castores sob a gloriosa luz matutina. Disko estava perto da escotilha principal, vigiando o trabalho de Manuel, Penn e o tio Salters com o aparelho. Dan introduzia os cestos, enquanto Long Jack e Tom Platt os enchiam de pescado, e Harvey, com o caderno de notas à mão, representava os interesses do capitão ante o empregado que mexia na balança do cais coberto de sal.

– Pronto! – gritavam as vozes.

– Joga! – exclamava Disko.

– Aí vai! – dizia Manuel.

– Aqui está! – repetia Dan, movendo o cesto.

Ouvia-se a voz jovem e clara de Harvey, que anunciava o peso. Já havia tirado o último cesto de pescado. Harvey deu um salto de quase dois metros até um cabo, entregando a Disko o caderno de notas e gritando: 2,97 e porão vazio!

– Qual o total, Harvey? – perguntou Disko.

– Três mil, seiscentos e setenta e seis dólares e vinte e cinco cêntimos. Oxalá, além do meu salário, tenha parte nas gratificações.

– Bom, não direi que não mereceu, Harvey. Quer ir até o escritório de Wouverman e lhe entregar as contas?

– Quem é este jovem? – perguntou Cheyne a Dan, que estava acostumado a todas as perguntas dos imbecis inofensivos que chamam de turistas.

– É uma espécie de sobrecarga – foi o que teve como resposta. – Nós o pescamos em alto-mar. Ele disse que caiu de um transatlântico. Agora está para se transformar num pescador.

– Vale o que ganha?

– Sim. Pai, este senhor quer saber se Harvey vale o que come. Ouça! Se quiser subir a bordo, podemos colocar uma rampa para a senhora.

– Eu agradeço muito. Vamos subir, querida, não tem problema, e poderá ver as coisas por si mesma.

A mulher que uma semana antes não podia levantar a cabeça trepou pela rampa e se espantou ao se ver no meio de uma desordem que reinava na popa da escuna.

– Tem algum interesse particular por Harvey? – perguntou Disko.

– Pois, sim...

– É um bom jovem, faz o que mandam. Sabe como o encontramos? Penso que sofria de alguma debilidade nervosa ou "tinha batido com a cabeça" quando o trouxemos para bordo. Mas já superou. Sim, este é o seu camarote. Está tudo desarrumado, mas sejam bem-vindos se querem ver alguma coisa. Esses números sobre a chaminé do fogão são seus e correspondem à nossa situação.

– Dormia aqui? – perguntou a senhora Cheyne, sentando-se e examinando os leitos desarrumados.

– Não. Dormia na proa, senhora. O único defeito que encontro, tanto nele quanto em meu filho, é dedicar-se a furtar alguns pastéis ao cozinheiro e a fazer besteiras quando deveriam estar dormindo.

– Harvey é um bom jovem – disse o tio Salters, descendo pelos degraus. – Certo é que me aposentou de meu trabalho no mastro maior e tem muito respeito pelos mais velhos que sabem mais do que ele, em especial sobre agricultura, mas no geral era Dan quem o enganava.

Entretanto, Dan agora interpretava algumas indicações obscuras que Harvey lhe indicara certa manhã, e saltava agitado sobre o convés.

– Tom, Tom! – disse em voz baixa pela escotilha. – A família de Harvey chegou, e meu pai não sabe ainda. Estão reunidos como índios no camarote. Ela é uma senhora, e tudo o que Harvey contou sobre sua vida é verdade, pelo menos assim parece.

– Por todos os santos! – exclamou Long Jack, saindo do porão coberto de sal e escamas. – Acredita nessa história do jovem que tinha um coche puxado por quatro pôneis?

– Já sabia que era verdade – disse Dan. – Vem comigo e vai ver como meu pai pode errar na sua avaliação.

Chegaram no momento que Cheyne pronunciava as seguintes palavras:

– Fico feliz em saber que tem bom caráter, pois... ele é meu filho.

Disko ficou de boca aberta. Long Jack depois jurou que o queixo inferior do capitão ao se abrir fizera um barulho como de uma porta que se desprende das dobradiças. Disko olhou para o homem e a mulher diante de si.

– Há quatro dias, em San Diego, recebi um telegrama de Harvey e aqui estamos.

– Vieram num trem particular? – perguntou Dan. – Ele contou que fazia essas coisas.

– É claro, viemos em nosso trem particular.

Dan olhou seu pai, fazendo vários gestos irreverentes.

– Ele contou que tinha um coche puxado por quatro pôneis – disse Long Jack. – Isso é verdade?

– É provável – disse Cheyne. – É verdade, mama?

– Creio que tinha um quando vivíamos em Toledo – respondeu a mãe.

Long Jack exclamou:

– Oh, Disko! – foi tudo o que disse.

– Eu estava... errado em minha avaliação... mais que os homens de Mablehead... – disse Disko, como se lhe arrancassem as palavras com cabrestantes. – Não me importa reconhecer isso perante o senhor Cheyne... Eu achava que o rapaz estava louco. Falava de uma maneira estranha sobre dinheiro.

– Ele me contou.

– Falou sobre mais alguma coisa? Pois uma vez lhe bati – acrescentou Disko, olhando ansioso para a senhora Cheyne.

– Claro que sim! – retrucou Cheyne. – Suponho que terá sido isso o que lhe fez muito bem.

– Creio que foi necessário, sem esse corretivo não trabalharia. Não gostaria que pensasse que abusamos dos grumetes neste barco.

– Não acreditamos nisso, senhor Troop.

Entretanto, a senhora Cheyne observava os rostos: o de Disko, cor de marfim e traços angulosos; o do tio Salters, cercado por uma barba agrícola; o rosto simples de Penn; o de Manuel, iluminado pelo sorriso tranquilo; o de Long Jack, com a expressão de contentamento, e o de Tom Platt, marcado pela cicatriz. Segundo o que vira durante a vida, eram rostos ferozes, mas seu instinto maternal predominou, e ela se levantou e estendeu as mãos.

– Digam-me o nome de cada um de vocês – pediu, quase soluçando. – Quero agradecer e abençoar todos vocês.

– Céus, com isso já me sinto pago cem vezes mais – manifestou-se Long Jack.

Disko apresentou-os na devida ordem. A senhora Cheyne balbuciava frases incoerentes. Quase se jogou nos braços de Manuel quando percebeu que era o pescador que encontrara Harvey.

– Como deixaria que ficasse à deriva? – exclamou Manuel. – O que faria se o tivesse encontrado nessa situação? Hã! O quê?

Ganhamos um ótimo rapaz pra nossa tripulação, fico muito feliz em saber que é seu filho.

– Harvey me contou que Dan era seu parceiro – exclamou a senhora Cheyne.

Dan estava muito corado, mas ficou ainda mais vermelho quando a senhora Cheyne beijou suas bochechas diante de toda a tripulação. Levaram-na então à proa para mostrar-lhe o castelo, onde chorou outra vez. Tiveram de voltar para que ela pudesse ver de novo o beliche de Harvey, ali encontrou o cozinheiro, ocupado naquele instante na limpeza do fogão, que inclinou a cabeça como se estivesse ali alguém que aguardava encontrar havia muitos anos. Dois pescadores, em simultâneo, tentaram lhe explicar a vida cotidiana no barco, ela se sentou perto do traquete, apoiando as mãos enluvadas na mesa gordurenta. Os lábios tremiam, às vezes falava, seus olhos não repousavam, esquadrinhando a embarcação.

– Quem poderia usar o We're Here depois disso tudo – disse Long Jack a Tom Platt. – Eu me sinto como se ela o tivesse transformado numa catedral.

– Catedral! – exclamou Tom Platt em tom brincalhão. – Se pelo menos fosse a comissão de pesca... Deveríamos ter um pouco de decência e ordem. Na próxima vez que ela vier... Teve de subir por essa escada como uma galinha, e nós... deveríamos estar enfileirados nas vergas!

– Então, Harvey não estava louco – falou Pen a Cheyne de forma pausada.

– Não! Graças a Deus! – retrucou o milionário, detendo-se afetuosamente.

– Deve ser terrível estar louco. Não creio que haja coisa mais horrível no mundo, exceto perder um filho. O seu foi devolvido? Agradeçamos a Deus por isso.

– Olá! – disse Harvey do atracadouro, com olhar bondoso.

– Estava errado, Harvey, estava errado – disse Disko levantando a mão. – Estava errado em meu juízo. Não é preciso mais me lembrar.

– Eu me ocuparei disso – falou Dan em seguida.

– Presumo que agora vai embora, verdade?

– Não sem que antes pague o restante do meu salário, se não quer que faça embargar o We're Here.

– Esqueci mesmo – disse Disko, começando a contar os dólares que devia. – Fez tudo o que foi obrigado fazer, tão bem como se já soubesse...

E aqui se calou, pois nem ele sabia como concluir a frase.

– Como se tivesse sido educado fora de um trem particular? – perguntou Dan em tom malicioso.

– Venham, que mostrarei – disse Harvey.

Cheyne ficou falando com Disko, os outros se dirigiram em procissão ao local onde estava o trem, com a senhora Cheyne à frente. A jovem francesa se horrorizou com aquela invasão. Harvey mostrou todo o luxo do Constance, sem demonstrar que era seu. Certo é que os marinheiros observaram, sem tampouco pronunciar uma palavra, os couros estampados, maçanetas e corrimãos de prata, o veludo, os cristais de mesa, o níquel, o bronze, o ferro fundido e as madeiras de lei do continente.

– Eu os avisei, avisei – repetia Harvey.

Era a coroação da sua ampla revanche. A senhora Cheyne ordenou que lhes servissem algo para comer. De modo a não faltar nada nesse relato, convém fazer constar que, depois, na pensão onde Long Jack vivia, ele contou que a própria senhora Cheyne os serviu. Os homens que estavam habituados a comer em mesas pequenas, durante terríveis tempestades, têm hábitos de limpeza e delicadeza, o que surpreendeu a senhora Cheyne, por não saber desse fato. Desejava transformar Manuel no seu mordomo, tal a suavidade e silêncio com que manuseava os cristais e o delicado serviço de prata. Tom Platt se lembrou dos dias no velho Ohio, nas maneiras dos homens importantes que ceavam com os oficiais. Quanto a Long Jack, como bom irlandês, encarregou-se de manter a conversa, até que todos perderam o medo.

No camarote do We're Here os dois pais, fumando grandes charutos, procuravam se conhecer mutuamente. Cheyne sabia muito bem que seu interlocutor era um homem ao qual não se podia oferecer dinheiro. Também sabia que aquilo que Disko fizera por ele nem toda fortuna do mundo pagava. Guardou isso para si, esperando ver qual seria a atitude do capitão.

– Não fiz nada a seu filho ou por seu filho, exceto obrigá-lo a trabalhar um pouco e ensiná-lo a mexer com o quadrante – disse Disko. – Tem a cabeça melhor que a do meu filho para os números.

– A propósito de cálculos – disse Cheyne, como quem não quer nada –, o que pensa em fazer com Dan?

Disko tirou o charuto dos lábios e moveu a mão larga pelo camarote.

– Dan é um rapaz sincero, não me permite que pense por ele. Terá um modesto barco quando me aposentar. De maneira alguma está ansioso em mudar. Isso tenho certeza.

– Hum! Esteve alguma vez no Oeste, senhor Troop?

– Uma vez fui até Nova Iorque num barco. As ferrovias não me interessam, tampouco a Dan. A água salgada é suficiente para os Troop. Estive em quase todas as partes, como é natural, é claro.

– Posso lhe proporcionar toda água salgada de que necessitar... até que venha a ser capitão.

– Como assim? Pensei que era uma espécie de rei das ferrovias. Foi o que Harvey me disse quando... Eu me enganei na minha avaliação.

– Todos podemos errar. Pensei que soubesse que eu era dono de uma frota de veleiros, fazem a rota do chá de São Francisco a Yokohama. Seis deles são de ferro e pesam entre setecentas a oitocentas toneladas cada um.

– Maldito rapaz! Nunca me disse. Se tivesse ouvido isso, em vez dos exageros sobre ferrovias e coches puxados por pôneis...

– Tampouco ele sabia.

– Suponho que escaparia... um pormenor como esse.

– Não, me perdoe... digo, comprei neste verão a maioria dos cargueiros "Blue M", a antiga linha de Morgan e M'Quade.

Disko quase cai desmaiado na cadeira, que estava ao lado do fogão-aquecedor.

– Por Deus todo poderoso! Parece que me tiraram o pelo do princípio ao fim desta viagem. Phil Airheart se foi desta mesma cidade há seis anos, não, sete, e agora é o segundo a bordo do São José. Estão no mar há 26 dias. Aqui vive a irmã, que lê suas cartas à minha mulher. Então é o dono da linha "Blue M"?

Cheyne confirmou.

– Bastava uma palavra para que voltasse ao cais com o We're Here.

– Talvez isso não tivesse feito tanto bem a Harvey.

– Se eu soubesse! Se tivesse dito uma só palavra sobre essa maldita linha, eu teria entendido. Não voltarei nunca mais a fiar em meus juízos. São barcos muito bons. Pelo menos assim diz Phil Airheart.

– Fico feliz em ouvir que recomenda. Acontece que Airheart é já capitão do São José. O que queria dizer é isso: deixaria Dan comigo, por um ano ou dois, para ver se podemos transformá-lo num oficial? Seria capaz de confiá-lo a Airheart?

– É sempre um risco ter a bordo um jovem sem experiência.

– Conheço um homem que fez muito mais do que isso por mim.

– É diferente. Observe que não elogio Dan por ser meu filho. Sei que um pescador dos recifes não vale grande coisa num veleiro, mas não tem muito o que aprender. Maneja o timão melhor do que qualquer rapaz da sua idade. Além disso, tem o meu sangue e isso basta. A única coisa que lamento é que está bastante frouxo na navegação.

– Airheart se ocupará disso. Embarcará como grumete por um ano ou dois, depois o colocaremos em situação de ascensão. Suponhamos que se encarrega dele este inverno. Mandarei buscá-lo na próxima primavera. Sei que a costa do Pacífico está um pouco longe...

– Ah! Nós, os Troop, os vivos e os mortos, estamos espalhados por toda a terra e todos os mares.

– Não me referia a isso. Queria dizer que, se alguma vez quiser vê-lo, basta me dizer, que a viagem não lhe custará nem um centavo.

– Se se animar a caminhar um pouco, podemos ir à minha casa e explicaremos tudo isso à minha mulher. Errei de maneira tão terrível em meus juízos, que tudo isso não me parece real.

Dirigiram-se à casa branca de Troop, que custara 1.800 dólares, com um dóri cheio de flores que havia na parte de trás. A sala, cujas cortinas estavam corridas, era um genuíno museu de coisas do mar. Ali estava sentada uma grande mulher, silenciosa e grave, em cujos olhos se notava a linha obscura dos que observam o mar, esperando os que amam.

Cheyne se dirigiu até ela. Concedeu a permissão com um ar cansado.

– Perdemos todos os anos cem pessoas, entre homens e jovens, nesta cidade, senhor Cheyne – disse ela. – Cheguei a odiar o mar como se fosse uma pessoa viva. Deus não criou o oceano para que os homens ancorassem nele. Creio que os seus transportes vão direto ao porto e voltam sem cerimônias.

– Vão tão diretos como os ventos, se permitirem. Eu lhes concedo uma bonificação por todo ganho de tempo. A qualidade do chá não melhora se demorar muito nos porões.

– Quando Dan tinha poucos anos, gostava de brincar de comerciante. Pensei que seguiria por aí. Mas, quando pôde manejar os remos de um dóri, percebi que Deus me negava essa satisfação.

– São veleiros de casco de ferro com aparelhos em forma de cruz. Recorda o que Phil escreveu à sua irmã.

– Nunca pesquei uma mentira em Phil, mas é muito aventureiro, como todos os que se dedicam a velejar os mares. Se Dan estiver de acordo, por mim que vá então.

– Minha mulher detesta o mar – explicou Disko –, e eu não entendo nada de cortesias, do contrário agradeceria da melhor maneira.

– Meu pai, meu irmão mais velho, dois sobrinhos e o marido de minha segunda irmã... – disse a senhora Troop, deixando tombar a cabeça entre as mãos. – Amaria algo que arrebatou tantos seres queridos?

Cheyne se tranquilizou com a chegada de Dan. O rapaz aceitou a oferta com tanto prazer como podia expressar em palavras. Isso significava um caminho seguro para todas as coisas desejáveis. Mas Dan pensava sobretudo nas horas de vigia na ponte, no prazer de mandar e nos portos distantes que conheceria.

A senhora Cheyne falou em privado com Manuel sobre o salvamento de Harvey. O homem parecia não dar importância alguma ao dinheiro. Quando a mãe o questionou, disse que aceitaria cinco dólares, pois queria comprar uma coisa para uma jovem.

– Por outro lado, como poderia aceitar dinheiro, se tenho o bastante para comer e fumar? Não vai me obrigar a isso, queira ou não. Hã! O quê? Bom, se for assim, poderá me dar todo o dinheiro que quiser, mas não da maneira que pensa.

Apresentou à senhora Cheyne um sacerdote português, que usava rapé e tinha a seu cargo uma lista de viúvas semidesamparadas mais longa que sua batina. Sendo protestante, a senhora Cheyne não podia compartilhar as crenças daquele ministro do Senhor, mas acabou respeitando o pequeno homem de tez escura e língua volúvel.

Manuel, fiel filho da Igreja, adaptou-se a todas as bênçãos que a prodigalidade da senhora Cheyne produziam.

– Com isso, fico fora do negócio – disse Manuel. – Agora estou absolvido por seis meses.

E se retirou com o intuito de comprar um lenço para uma jovem e destroçar outros corações.

Salters se foi para o Oeste, quase quando começava a nova estação da pesca. Levou consigo Penn, não deixou nenhum endereço. Temia que os ricaços, que possuíam vagões luxuosos, tivessem algum interesse impróprio por Penn, era melhor visitar os parentes do interior, até que não houvesse mais mouros na costa.

– Nunca te deixa adotar por gente rica – falou a Penn, quando estavam sentados num trem. – Se fizer isso, quebrarei este tabuleiro em sua cabeça. Por isso volta a esquecer o nome, você se chama Pratt e lembrará que pertence à tripulação do We're Here com Salters Troop. Fica onde está e esquece todas essas coisas, até que eu chegue pra te buscar. Não vá por aí com os olhos fechados... que estão presos com rugas gordurentas, como dizem as Sagradas Escrituras.

CAPÍTULO X

O DESTINO DO SILENCIOSO COZINHEIRO do We're Here foi distinto. Com suas coisas numa trouxa, ele se introduziu no Constance. Não discutiu o pagamento e não se preocupou em saber onde dormiria. Como lhe havia sido revelado em sonhos, seu destino consistia em seguir Harvey enquanto vivesse. Tentaram tirar-lhe essa ideia da cabeça e o persuadir do seu erro. Contudo, existe uma diferença fundamental entre um negro do cabo Bretão e os do Alabama. Estes dois últimos, cozinheiro e servente, em simultâneo, levaram a questão à senhora Cheyne, que se limitou a sorrir. Supôs que Harvey quereria um empregado de confiança, e esse voluntário era melhor do que cinco atraídos pelo salário. Ele ficou, embora fosse um negro que se chamava MacDonald e se confessava em gaélico. O trem voltaria a Boston, onde, se o cozinheiro insistisse na ideia, seguiria com eles para o Oeste.

Quando partiu o trem Constance, que no fundo do seu coração Troop odiava, desapareceu o último sinal visível da riqueza de Cheyne. O pai de Harvey se dedicou às férias mais ativas de toda a sua vida. Para ele, Gloucester era uma cidade diferente numa terra nova. Propunha a si mesmo conquistá-la, como fizera com outras, desde Snohomish até San Diego, território de onde era oriundo. Negócios terminavam naquela rua tortuosa, que era ao mesmo tempo atracadouro e armazém dos navios. Por ser um genuíno profissional, queria saber como se jogava tão nobre jogo. As pessoas lhe diziam que quatro quintos do pescado servido aos domingos em Nova Inglaterra eram provenientes de Gloucester e demonstraram isso em números: estatísticas sobre os dóris, extensão dos atracadouros, capital investido, salga, salários, reparos e gratificações. Falou com os donos das grandes flotilhas, cujos capitães eram apenas empregados, e as tripulações se compunham quase exclusivamente de suecos e portugueses. Conferenciou com Disko, um dos poucos capitães que eram donos da embarcação que conduziam, sempre comparando números no seu vasto cérebro.

Entrava nos depósitos de venda de material usado para os barcos, expondo questões com a jovial e livre curiosidade do Oeste, até que todos na costa ansiavam por se inteirar sobre "o que aquele homem queria saber". Percorria os escritórios das sociedades de seguros e socorro mútuo, pedindo explicações sobre as misteriosas notícias que se consignavam todos os dias em seus quadros. Isso provocou sobre ele um dilúvio de secretários de todas as sociedades de beneficência e de viúvas e órfãos dos marinheiros da cidade. Faziam solicitações sem qualquer pejo. Cada um desejava conseguir mais do que os outros. Cheyne alisava a barba e os enviava à sua esposa.

A senhora Cheyne vivia numa pensão, perto de Eastern Point, um estranho estabelecimento que parecia ser gerido pelas pessoas que lá viviam. As toalhas de mesa eram de quadrados vermelhos e brancos. Dir-se-ia que os pensionistas se conheciam havia muito tempo. Se tinham fome, levantavam-se para preparar queijo quente. No segundo dia da sua estadia, a senhora Cheyne desceu para o café da manhã, após tirar seus diamantes.

– São pessoas muito agradáveis – confessou ao esposo –, amáveis e simples, embora a maioria seja de Boston.

– Isso não é simplicidade, mama – disse o esposo, olhando os seixos, para além das macieiras onde penduravam as redes. – Trata-se de outra coisa que nós... que eu não tenho.

– Não pode ser – respondeu a senhora Cheyne tranquila. – Mulher alguma nesta casa tem um vestido que valha mais do que cem dólares. Nós...

– Já sei, querida. Nós temos isso... É natural que sim. Presumo que seja a moda desta parte dos Estados Unidos. Está bem?

– Não vejo tanto Harvey como queria. Vive sempre contigo. Agora não estou tão nervosa como antes.

– Nunca vivi momentos tão afáveis, desde que Willie morreu. Parece que antes não sabia que tinha um filho. Harvey será um grande homem. Precisa de alguma coisa?... Quer uma almofada embaixo da cabeça? Bom, Harvey e eu iremos até o cais ver como está.

Harvey se tornara a sombra do pai. Estavam sempre juntos. Cheyne usava as ladeiras como desculpa para se apoiar nos ombros largos do filho. Então Harvey percebeu e admirou o que nunca lhe chamara a atenção em seu pai: sua curiosa capacidade de penetrar até o miolo das coisas, aprendendo com o homem das ruas.

– Como faz para que revelem o que quer saber sem te delatar? – perguntou o filho, quando saíam do escritório de um técnico.

– Relacionei-me com muitos homens ao longo da vida, a verdade é que aprendemos a valorizá-los de alguma maneira. Ademais, eu me conheço um pouco.

Após uma pausa, quando se sentaram no cais, prosseguiu.

– Os homens logo compreendem quando outro conseguiu coisas por si mesmo e o tratam como seu igual.

– Isso aconteceu comigo no atracadouro de Wouverman. Agora faço parte da tripulação. Disko contou a todos que ganhei meu pão. – Harvey estendeu as mãos e mostrou as palmas. – Estão lisas outra vez – disse, lamentando-se.

– Deverá mantê-las assim nos próximos anos, enquanto continuar os estudos. Depois terá oportunidade para endurecê-las.

– Sim, calculo que será assim – disse Harvey sem grande entusiasmo.

– Depende de você, Harvey. É óbvio, pode se refugiar atrás de sua mãe, incomodá-la com seu humor, a sensibilidade e todos os jogos.

– Fiz isso alguma vez? – perguntou Harvey preocupado.

Seu pai virou a cabeça para onde ele estava e apoiou a mão grande sobre o ombro do rapaz.

– Sabe tão bem quanto eu que não posso tirar nada a limpo de você se não for correto comigo. Posso deixar que ande só, se for capaz disso, mas não sei se consigo lidar com você e sua mãe ao mesmo tempo. De qualquer maneira, a vida é muito curta.

– Isso não me torna um bom tipo, não é verdade?

– É provável. Em grande parte, a culpa é minha. Mas, se quer saber a verdade, até agora não fez nada que valha a pena. Não é?

– Hum... Disko acha... Quanto calcula que custei desde que nasci, tudo junto?

Cheyne sorriu.

– Nunca fiz os cálculos, mas estimo que em dinheiro deva ser algo em torno de cinquenta mil. É possível que chegue aos sessenta. A nova geração custa muito caro. É preciso lhe proporcionar muitas coisas das quais se cansa logo e... é a antiga que se encarrega da conta.

Harvey assobiou espantado, mas no fundo do coração gostou de saber que sua educação custara tão caro:

– É capital invertido, Harvey. Espero que seja uma boa inversão.

– Supondo que sejam trinta mil dólares, os trinta que ganhei nesta estação seriam perto de uns dez centavos para cada cem. Isso é mesmo um baixo rendimento – disse Harvey, balançando majestosamente a cabeça.

Cheyne riu tanto que quase caiu da pilha de fardos onde estava.

– Disko tirou muito mais de Dan, desde que seu filho tinha dez anos, além do mais ele vai à escola na metade do ano.

– Ah! Era aí que eu queria chegar.

– Não. Não queria chegar a parte nenhuma. É que não estou muito contente comigo mesmo... Isso é tudo... Deviam me dar um par de chicotadas.

– Não posso fazer isso, ou já teria feito, caso acreditasse que serviria para alguma coisa.

– Entretanto, eu lembraria enquanto vivesse e não o perdoaria – disse Harvey, apoiando o queixo nas mãos.

– Exato. Era o que queria mostrar. Entende agora?

– Compreendo. A culpa é minha e de ninguém mais. De qualquer maneira, alguém deveria fazer algo.

Cheyne tirou um charuto, mordiscou a extremidade e começou a fumar. Pai e filho se pareciam bastante, embora a barba ocultasse o queixo de Cheyne. Harvey tinha o nariz um pouco aquilino como o do pai, os olhos negros muito próximos e os pômulos bem salientes. Com certo tom pardo, parecia um pele-vermelha pitoresco, saído de um livro de contos.

– Bom, pode continuar assim de agora em diante – propôs Cheyne devagar –, e me custar, por ano, entre seis a sete mil dólares, até ter idade para votar. Então podemos considerá-lo um homem. A partir desta data, viverá à minha custa, gastando entre quarenta e cinquenta mil dólares, além do que sua mãe lhe der. Terá uma ajuda, um iate e uma casa de campo, onde poderá se dedicar à criação de cavalos e jogará cartas com as pessoas da sua classe.

– Como Lorry Tuck? – interrompeu Harvey.

– Sim, ou como os filhos de De Vitré, ou o filho do M'Quade. A Califórnia está cheia deles. Por falar nisso, aí se aproxima um exemplo típico do Leste.

Um reluzente iate a vapor, de cor negra, com superestrutura de mogno, armários niquelados, toldos de franjas brancas e rosa, entrava no porto soltando fumaça. Tinha o brasão de algum clube de Nova Iorque. Dois homens jovens, vestidos com o que eles acreditavam ser a roupa de marinheiros, jogavam baralho perto duma claraboia. Duas mulheres com guarda-sóis vermelhos e azuis os contemplavam e riam.

– Não gostaria que os ventos me pegassem nesse iate. Não tem manga de vento suficiente – disse Harvey de modo crítico, enquanto a embarcação se aproximava lenta do ponto de ancoragem.

– Eles parecem estar se divertindo. Posso te dar isso ou o dobro, Harvey, o que acha?

– Por Deus! Isso não é maneira de baixar um dóri – disse Harvey, que seguia o barco com o olhar fixo. – Se não soubesse soltar um cabo melhor do que esse pessoal, preferiria ficar em terra. O que seria se não...?

– Se não o quê? Se não ficasse em terra?

– O barco, a casa de campo, viver à custa do velho, ser protegido por mamãe quando houver alguma confusão – disse Harvey, cujos olhos cintilavam.

– Bom, nesse caso, venha comigo, meu filho.

– Por dez dólares ao mês? – perguntou o jovem, cujo olhar continuava brilhando.

– Nem mais um centavo, enquanto não valer. Tampouco lhe darei algum dinheiro, senão daqui a alguns anos.

– Nesse caso, será melhor que comece varrendo o escritório, o quanto antes. Não é assim que começam os peixes grandes? Claro que recebendo algo agora...

– Já sei. Todos pensamos o mesmo. Mas creio que podemos contratar pessoal necessário para limpar o escritório. Cometi o mesmo erro: começar demasiado cedo.

– Um erro de trinta milhões de dólares vale a pena, não? Correria risco a esse preço, pai?

– Eu perdi e ganhei. Vou te contar.

Cheyne revolveu a barba e sorriu, o seu olhar vagueava pelas águas tranquilas. Falava como se o filho não estivesse ali e este logo compreendeu que o pai lhe contava a história da sua vida.

Falava com voz baixa, uniforme, sem gestos e expressão. Era uma história pela qual inúmeros jornais pagariam muito dinheiro, o relato abarca um lapso de quarenta anos, a história do novo Oeste. Essa história ainda não acabou de ser escrita.

Começava com um menino sem família, abandonado no Texas, prosseguia por cem mudanças extraordinárias e dificuldades da sua vida, trocando de cenário de um estado do Oeste para outro; eram cidades que surgiam num mês e desapareciam na estação posterior; continuava sobre terríveis aventuras em acampamentos, que agora são cidades com ruas muito bem pavimentadas.

Aquela vida englobava a construção de três linhas de ferro e a destruição deliberada de uma quarta. Falava de vapores, cidades, bosques, minas e sobre homens de todas as raças que, sob aqueles céus tripulavam, criavam, abatiam e trabalhavam. Narrava a história sobre oportunidades de enriquecimento de maneira fantástica, que se discerniam ante olhos que não podiam vê-las ou que se perdiam por qualquer louco incidente do tempo, às vezes a cavalo, a maioria a pé, rico agora, amanhã pobre, em contínuos altos e baixos, desempenhando todos os ofícios: marinheiro, foguista, empreiteiro, hoteleiro, agente de terras, político, jornalista, engenheiro, caixeiro-viajante, comerciante de bebida, mineiro, especulador, vaqueiro ou vagabundo, mas sempre alerta, procurando concretizar o seu intuito e, ele falava assim, a glória e o progresso do seu próprio país.

Falou ao filho sobre a fé que nunca o abandonara, mesmo quando estava em pleno desespero, da fé que emana por conhecer os homens e as coisas. Como se falasse consigo mesmo, explicou longamente a parte que correspondia ao seu valor e seus recursos. Tudo era tão claro na mente daquele homem que nunca mudou de tom. Descreveu como vencera ou perdoara seus inimigos, tal como eles o haviam vencido ou perdoado a ele noutras ocasiões, como suplicara, adulara e intimara cidades, companhias e sindicatos; como se arrastara em redor, através ou sob montanhas e barrancos, construindo linhas de ferro econômicas, e, afinal, como se mantivera calmo enquanto diversas comunidades libertinas estraçalhavam os derradeiros fragmentos de sua reputação.

Harvey se manteve atento ao relato, que escutava com a cabeça um pouco inclinada, os olhos fixos no rosto do pai. Enquanto escurecia, o extremo do charuto iluminava as enrugadas bochechas e as sobrancelhas grossas. Harvey imaginava estar diante de uma locomotiva que atravessava uma região a toda velocidade, entre as sombras, cuja tampa da caldeira se abria a cada dois quilômetros. Mas essa locomotiva podia falar, suas palavras emocionavam o rapaz e abalavam até o fundo da sua alma. Por fim, Cheyne jogou fora a ponta do charuto e os dois permaneceram sentados na escuridão, enquanto as águas beijavam o cais.

– Nunca contei isso a ninguém – concluiu o pai.

Harvey respirou fundo.

– É a coisa mais importante que ouvi!

– É o que tenho. Vou lhe dizer o que nunca pude ter. Não vai lhe parecer grande coisa agora, mas não quero que chegue à minha idade para se dar conta do seu valor. Posso manipular as pessoas, em meus próprios negócios ninguém consegue me tirar o pelo... mas não posso lutar com o homem que foi educado. O que sei, aprendi na caminhada. Presumo que isso se nota.

– Nunca me dei conta disso – exclamou o filho, indignado.

– Logo chegará sua hora, Harvey. Será quando concluir os estudos. Eu saberei! Conheço aquele olhar quando me dizem que sou um "tosco". Assim chamam homens como eu. Posso fazê-los em pedaços, mas não posso atacá-los em seu território. Não acho que estejam acima de mim, mas o certo é que estou longe, muito longe deles. Tem sua oportunidade agora. Precisa assimilar toda sabedoria que há por aí, viver entre pessoas que procuram o mesmo. E farão por uns milhares de dólares por mês, mas lembra que para você são milhões. Vai aprender o bastante sobre leis para cuidar das suas coisas, quando eu tiver desaparecido. Hás de se portar bem com as pessoas decentes que poderão ser úteis noutra ocasião. Diante de tudo, terá de acumular todos os conhecimentos livrescos, brilhantes e comuns que possa adquirir nos estudos. Nenhuma inversão é melhor do que essa, Harvey, é algo que terá mais valor no nosso país, quanto mais o tempo passar, tanto nos negócios quanto na política. Vai ver.

– Mesmo assim, não consigo me ater à ideia – disse Harvey. – Quatro anos estudando! Oxalá tivesse escolhido a ajuda e o barco.

– Não se preocupe, meu filho – insistiu Cheyne. – Não faz mais do que investir o capital lá, o que vai lhe proporcionar melhores negócios. Não creio que pense que sua fortuna terá diminuído quando estiver pronto para assumir seu cargo. Reflita e amanhã me diga sua decisão. Vamos depressa! Ou chegamos tarde para o jantar.

Tratava-se de uma conversa sobre negócios, por isso Harvey não achou necessário falar à mãe. Como é natural, o pai era da mesma opinião. Mas sua esposa percebia o que estava acontecendo, tinha seus temores sobre eles e sentia algum ciúme.

Aquele rapaz, que não tinha contemplações com ela, desaparecera, e em seu lugar havia um jovem com semblante atilado, que era extraordinariamente discreto e nas conversas se dirigia em particular ao pai. Ela entendia que eram assuntos de negócios, por conseguinte estava além da sua competência. Restavam-lhe algumas dúvidas, que se dissiparam quando Cheyne viajou até Boston, voltando com um novo anel de diamantes.

– O que estava fazendo? – disse a esposa com um sorriso suave, enquanto expunha o objeto à luz.

– Falando, nada mais do que falando, mama, Harvey é um excelente rapaz.

É óbvio que era. O jovem estabelecera uma espécie de trato por conta própria. Explicou que as ferrovias, as madeireiras, as terras ou as minas lhe interessavam pouco. O que queria com toda a alma era dirigir a empresa de veleiros que explorava o transporte, recém-adquirida pelo pai. Se lhe prometesse isso, ao fim do que considerava um prazo razoável, poderia se comprometeria a estudar a sério e portar-se bem durante quatro ou cinco anos. Nas férias, teria acesso a todos os pormenores da linha (impusera sobre ela mais de duas mil questões), desde o cofre onde se guardavam os documentos importantes até o último rebocador do porto de San Francisco.

– Trato feito – disse Cheyne, por fim. – Mudará de ideia vinte vezes, antes de terminar os estudos, mas se começar o assunto com seriedade, tendo o interesse necessário, não quebrar a empresa antes de completar 22 anos, ela será trespassada para o seu nome. O que acha, Harvey?

– Não. Nunca se deve dividir um negócio rentável que funciona bem. Há muita competência no mundo. Disko diz que aqueles do mesmo sangue devem estar sempre unidos. Sua tripulação nunca o interpelou. Segundo ele, é essa a razão pela qual obtém tanto sucesso. Hã! O We're Here zarpa segunda-feira para George. Não resta muito tempo em terra, não é?

– Acredito que nós também deveríamos ir embora. Deixei negócios pendentes entre dois oceanos e suponho que seja hora de me reunir com eles outra vez, ainda que me repugne fazer isso. Não tinha umas férias dessas havia mais de vinte anos.

– Não podemos ir sem antes nos despedirmos de Disko – disse Harvey. – Além do mais, segunda é o dia da comemoração. Fiquemos até essa data.

– Que comemoração é essa? Falaram sobre isso na pensão – disse Cheyne distraído, pois tampouco estava ansioso em estragar aqueles dias dourados.

– Bom, até onde sei, trata-se de um festival no qual se dança e canta, organizado pelos turistas. Disko não tem uma opinião formada sobre isso, porque angariam dinheiro para as viúvas e os órfãos. Disko é um homem muito independente. Não notou?

– Sim... um pouco... às vezes. Então é uma festa da cidade?

– Não sei. Eles leem os nomes dos pescadores que se afogaram, fazem discursos, recitam poesias e tudo mais. Disko conta que depois os secretários das diferentes sociedades de beneficência vão até o pátio posterior da casa e brigam na divisão daquilo que recolheram. Segundo ele, a verdadeira festa é na primavera. Então os padres fazem intervenções; além do mais, nessa época não há turistas.

– Vejo que... – disse Cheyne, com a clara e perfeita compreensão de uma pessoa que nasceu e se educou numa tradição de orgulho cívico – ficaremos até essa data e partiremos ao anoitecer.

– Acho que vou até a casa de Disko, e obrigá-lo a reunir a sua tripulação, antes de partir mais uma vez. Preciso estar com eles.

– Verdade? – exclamou Cheyne. – Mas claro, eu sou só um turista tonto e você...

– Um pescador dos bancos, de puro sangue – falou Harvey, enquanto subia uma rua e Cheyne continuava sonhando seus belos sonhos para o futuro.

Disko não entendia a utilidade de certas funções públicas em que se apela à caridade, mas Harvey assegurou que a glória daquele dia não existiria para ele se faltasse a tripulação do We're Here. Então Disko apresentou suas condições. Ouvira dizer (é assombroso como os boatos correm pela costa) que uma "atriz da Filadélfia" faria parte do evento e receava que fosse cantar "A viagem do capitão Ireson". Pessoalmente, as atrizes lhe caíam tão mal como os turistas, mas o que é justo é justo, embora tenha errado numa avaliação (aqui Dan tratou de engolir uma gargalhada), ele não podia consentir isso. Em consequência, Harvey teve de perder meio dia tratando de explicar a uma cantora, que tinha muita reputação em ambas as costas, o segredo do erro que cometera, e ela admitiu que aquilo parecia injusto, como o próprio Disko dissera.

A experiência mostrava a Cheyne o que aconteceria, mas qualquer gênero de espetáculo era como a comida e a bebida para aquele homem. Percebeu como todas as vias se dirigiam para o Oeste, naquela manhã cálida e brumosa, cheia de mulheres com vestidos leves de verão, empregados de rostos muito brancos, com chapéus de palha, arrancados dos seus escritórios de Boston, muitas bicicletas paradas na frente dos correios, as idas e vindas dos funcionários ocupados, salvando-se uns e outros, e o homem com ar importante que lavava a calçada de ladrilhos com uma mangueira.

– Mama – disse Cheyne de imediato à esposa. – Recorda do incêndio de Seattle... e da reconstrução?

A senhora Cheyne fez que sim com a cabeça, observando com olhar crítico a rua tortuosa. Como seu esposo, compreendia bem tais reuniões e comparava às do Oeste a que ia presenciar.

Os pescadores começaram a se misturar com a multidão que estava perto das portas do salão de atos da prefeitura: portugueses com seus pitorescos gorros azuis, cujas mulheres levavam na cabeça apenas um lenço; marinheiros da Nova Escócia de olhos azuis, homens das províncias marítimas, franceses, italianos, suecos, dinamarqueses, além das tripulações com permissão dos veleiros que percorriam a costa. Por todos os lados, viam-se mulheres vestidas de luto que se saudavam reciprocamente com um orgulho fúnebre, pois esse dia era só delas. Vários ministros de credos distintos estavam lá: pastores de paróquias ricas e grandes gozavam suas férias e passeavam pela cidade, e muitos outros; um pároco da igreja das colinas até um luterano de barbas longas, que fora marinheiro, saudava aos gritos seus antigos companheiros. Marcaram presença os armadores de várias frotas de veleiros que contribuíam maciçamente com ajuda aos mais necessitados, homens cujas pouco numerosas embarcações estavam hipotecadas até os mastros; banqueiros, agentes de seguros marítimos, capitães de rebocadores, os que se dedicam a preparar o velame, calafetadores, salineiros, toneleiros e toda a povoação heterogênea da costa. Percorreram as filas das cadeiras, animadas pelas cores vistosas dos trajes dos veraneantes.

Um dos funcionários municipais, encarregado de acomodar os convidados, movia-se de um lado para o outro e suava, até que ele próprio brilhou de puro orgulho cívico; Cheyne falara com ele cinco minutos, poucos dias antes, e entre ambos existia uma completa compreensão.

– Olá, senhor Cheyne! O que o senhor acha da nossa cidade? (Sim, senhora, pode sentar-se onde quiser). Suponho que tenham algo parecido no Oeste, não?

– É claro, embora nossas cidades não sejam tão antigas como as desta parte dos Estados Unidos.

– É natural. Deveria ter estado aqui quando celebramos o 250° aniversário da nossa fundação. Posso lhe assegurar, senhor Cheyne, que a cidade honrou o seu nome.

– Assim ouvi dizer. Isso é rentável. Mas o que se passa aqui que não há um bom hotel?

– ... Ali, à esquerda, Pedro. Aí tem lugares suficientes para a tripulação. Tem toda razão, senhor Cheyne, a todos os habitantes também pergunto. Poderia se ganhar muito dinheiro com isso, mas suponho que esse negócio não lhe interessa. O que precisamos aqui é...

Uma pesada mão caiu sobre seu ombro, e o avermelhado capitão de uma embarcação de cabotagem de Portland, dedicada ao transporte de carvão e gelo, lhe fez dar meia-volta.

– Que diabos vocês pretendem ao aplicarem a lei quando todos os homens decentes estão no mar? Esta cidade está mais seca do que um osso e fede mais do que a última vez que a visitei. Podiam ter nos deixado uma cantina aberta para refrescos.

– Não parece que isso tenha lhe impedido de se esquentar esta manhã, Carsen. Depois discutirei o motivo. Sente-se perto da porta e reflita sobre seus argumentos, até eu voltar.

– O que são argumentos para mim? Em Miquelon, a caixa de champanhe custa dezoito dólares e...

O capitão foi se inclinando até o seu lugar, pois acabara de começar um solo de órgão que o fez calar.

– Nosso novo órgão – o funcionário falou com orgulho a Cheyne. – Nos custou quatro mil dólares. Teremos de recorrer de novo à permissão de venda de bebidas de alto grau alcoólico para poder pagá-lo. Não queria que a parte formal estivesse exclusivamente sob a responsabilidade dos representantes religiosos. Essas vozes são as dos órfãos. Minha esposa ensina canto para eles. Eu o verei mais tarde, senhor Cheyne. Estão precisando de mim.

As vozes infantis, altas, nítidas e devotas, silenciaram os últimos ruídos dos que procuravam seus lugares.

Oh, vós, obras do Senhor! Abençoai-o!
Louvai-o e o glorificai para sempre!

Por todo o salão, as mulheres se dobravam para poder ver melhor, à medida que as vozes infantis preenchiam o ar com seu canto. A senhora Cheyne e muitas outras mulheres presentes começaram a respirar num ritmo entrecortado. Era difícil imaginar que havia tantas viúvas no mundo. De maneira instintiva, a senhora Cheyne procurou Harvey, que encontrara a tripulação do We're Here na parte posterior do salão, disposto, como se fosse seu direito, entre Disko e Dan. O tio Salters, que voltara com Penn de Pamlico na noite anterior, recebeu Harvey com evidentes mostras de desconfiança.

– Sua família ainda não se foi? – resmungou. – O que fazem aqui?

Oh, águas e mares abençoai o Senhor,
Louvai-o e o glorificai para sempre!

– Por acaso não tem direito? – perguntou Dan. – Esteve nos recifes como todos nós.

– Não com essa roupa – disse tio Salters, irreverente.

– Cala, Salters – interrompeu Disko. – Harvey, fica onde está.

Encerrado o canto, um dos principais funcionários da prefeitura se levantou, saudando todas as pessoas que vieram a Gloucester, sem esquecer de acentuar os pontos sobre os quais a cidade era melhor do que o restante do mundo. Sublinhou depois a riqueza marítima da cidade e falou do preço que se tem a pagar pela colheita anual. Depois assinalaram os nomes dos mortos, que eram 170 (as viúvas se entreolharam). Gloucester não podia se orgulhar de possuir grandes estabelecimentos industriais. Seus filhos trabalhavam pelo que o mar oferecia; todos sabiam como os bancos de pesca não eram terras para vacas pastarem. O que poderiam fazer os que ficavam em terra era ajudar as viúvas e os órfãos; depois de umas tantas generalidades, aproveitou a oportunidade para agradecer, em nome da cidade, àqueles que, movidos pelo espírito de cooperação, haviam consentido em contribuir com o ato.

– Desprezo a parte em que pedem esmola – resmungou Disko. – Que vão pensar outras pessoas!

– Se as pessoas não fossem tão perdulárias e poupassem algo, quando se apresenta uma oportunidade – retrucou Salters. – É claro que deviam se envergonhar. Ouve, jovem! Vai observando isso. A riqueza não dura mais do que uma estação se gastar tudo em luxos...

– Mas quando se perde tudo, tudo – disse Penn –, o que resta fazer? Uma vez eu... – O seu olhar azul percorreu toda a sala, como se procurasse algo para o acalmar. – Uma vez li um livro... creio que foi uma embarcação em que todos se afogaram, exceto um... E ele me disse...

– Bobagens! – interrompeu Salters. – Lê um pouco menos e confia mais em tua própria cabeça, então ganhará para viver, Penn.

Harvey, misturado aos pescadores, sentia um formigueiro, uma picada e um estremecimento que começava na nuca e terminava nos pés. Ademais, sentia frio, embora fosse um dia quente.

– Essa é a atriz da Filadélfia? – perguntou Disko Troop, lançando olhares de desprezo para o proscênio. – Harvey, suponho que já arrumou o tema do Ireson. E sabe a razão.

A mulher não cantou a "Viagem do capitão Ireson", mas uma espécie de poema sobre um porto de pescadores chamado

Brixham, e uma frota de embarcações que pescava com rede, lutando contra uma tempestade feroz noite adentro. As mulheres do povoado fizeram uma grande fogueira no extremo do atracadouro com tudo o que caía em suas mãos.

– *Tiraram o xale de uma avozinha, que tremeu de frio e lhes falou para irem embora; e pegaram o berço de um menino, que não podia dizer "não".*

– Vá! – disse Dan, que assistia ao espetáculo por cima do ombro de Long Jack. – Deve ter lhes saído bem caro.

– Que marmotas! Um cais mal iluminado, Danny – falou o homem de Galway.

– *Entretanto, não sabiam se acendiam uma fogueira ou uma pira funerária.*

Aquela voz extraordinária se apoderou dos presentes, fazendo estremecer os nervos dos corações. Quando a cantora relatou como as ondas cobriram os pescadores, uns vivos e outros mortos, as mulheres levavam os corpos até os habitantes para lhes perguntar se algum era seu pai ou esposo. Ouvia-se a respiração dos presentes:

E quando os dóris de Brixham
Saem para enfrentar a tormenta,
Acordai-os do amor que
Tão efêmero como a luz
Voa sobre suas velas.

Quando terminou, ouviram-se poucos aplausos. As mulheres procuravam seus lenços, e a maioria dos homens olhava o teto com olhos brilhantes.

– Hum! – falou Salters. – Isso poderia lhe custar um dólar, ou talvez dois, se quisesse ouvir num teatro.

– Suponho que há quem possa pagar. Parece-me que é mal gasto... Pelos diabos! Como o capitão Bart Edwardes chegou aqui?

– Não foi possível impedir – disse um marinheiro de Eastport, atrás dele. – É poeta e deve dizer a sua parte. Vem do mesmo local que nós.

O que proporcionou tal informação não falou que o capitão Bart Edwardes insistira cinco anos consecutivos para poder recitar sua poesia naquela comemoração, até que a comissão do evento, cansada e divertida com a insistência, deu a permissão. A simplicidade e a alegria daquele ancião, que subiu ao proscênio com sua melhor roupa de domingo, conquistaram o coração dos presentes antes que abrisse a boca. Ouviram sem reclamar as 37 estrofes de produção caseira, em que descrevia, com todo luxo de detalhes, o naufrágio do veleiro Joan Kasken, durante a tormenta de 1867. Quando terminou, todas as gargantas se desfizeram em elogios bondosos.

Um jornalista de Boston, de olhar atento, aproximou-se do capitão para obter uma cópia do poema e uma entrevista com o autor. Nos seus 73 anos, a vida não tinha mais nada a oferecer àquele capitão que fora baleeiro durante muitos anos, construtor de navios, pescador e poeta.

– Isso é o que chamo ser inteligente – disse o homem de Eastport. – Tinha as folhas entre as mãos enquanto recitava, e posso jurar que não esqueceu nenhuma sílaba.

– Se Dan, que está aqui, não pudesse fazer algo melhor que isso, com uma só mão, antes do café da manhã, mereceria que lhe dessem uma reprimenda – falou tio Salters, mantendo por princípio a honra do estado de Massachusetts. – Reconheço que, para ter nascido no estado do Maine, o capitão Edwardes parece bastante culto...

– Creio que o tio Salters vai morrer nessa viagem. É o primeiro cumprimento que me faz – disse Dan, zombeteiro. – Harvey, o que se passa? Está muito calado e ficando quase verde. Está se sentindo mal?

– Não sei o que se passa – respondeu Harvey. – É como se minhas vísceras fossem grandes demais para o meu corpo. Estou todo dolorido e tremendo.

– Que azar! Deve ser dispepsia. Aguardemos até que leiam os nomes dos mortos e iremos embora, a tempo de alcançar a maré.

As viúvas se acomodaram rígidas nos assentos, como pessoas que vão ser fuziladas, pois sabiam o que agora sucederia. As jovens turistas, que estavam com blusas rosa e azuis, pararam de rir do poema do capitão Edwardes e olharam para trás, tentando perceber o motivo de todos estarem em silêncio.

Os marinheiros avançaram quando o funcionário que falou com Cheyne subiu ao palco e começou a ler os nomes das vítimas perdidas no último ano, divididos por meses. Os desaparecidos no derradeiro mês de setembro eram quase todos solteiros e estrangeiros. A voz se elevou sobre o silêncio do salão:

"9 de setembro. Veleiro Florrie Anderson, perdido com toda a tripulação.

Reuben Pitman, capitão de cinquenta anos, solteiro, da rua Major desta cidade.

Emil Olsen, dezenove anos, solteiro, da rua Hammond, desta cidade. Holandês.

Oscar Stamberg, 25 anos, solteiro. Suécia.

Pedro, solteiro, da pensão de Keene, nesta cidade. Parece que era nascido na ilha da Madeira.

José Walsh, aliás, Joseph Wright, trinta anos, nascido em San Juan, Terra Nova."

– Não, é de Augusta, no estado do Maine – gritaram várias vozes.

– Embarcou em San Juan – disse o homem que lia a lista, fixando outra vez o papel.

– Pois, eu sei muito bem. É de Augusta.

O homem fez uma anotação à margem do papel e prosseguiu:

"Do mesmo veleiro. Charlie Ritchie, da vila de Liverpool, Nova Escócia, solteiro, 33 anos.

Albert May, 27 anos, solteiro, vivendo à rua Rogers, 267, nesta cidade.

27 de setembro. Orvin Doilard, casado, trinta anos. Afogou-se tripulando um dóri, perto de Eastern Point."

Este caso gerou certa comoção, pois uma das mulheres caiu para trás, movendo as mãos nervosamente, como se quisesse agarrar alguma coisa. A senhora Cheyne, que escutava com olhos bem abertos, ergueu a cabeça e conteve a respiração.

A mãe de Dan, que estava alguns assentos à direita, observou o que acontecia e depressa se dirigiu até a mulher.

A leitura continuou. Quando chegou aos casos ocorridos em janeiro e fevereiro, a leitura impactou intensamente os presentes. As pobres mulheres rangiam os dentes.

"14 de fevereiro. Veleiro Harry Randolph, destruído quando regressava ao porto, vindo da Terra Nova. Asa Musie, 32 anos, casado, da rua Major, nesta cidade, levado por uma onda.

23 de fevereiro. Veleiro Gilbert Hope. Robert Beavon, 29 anos, casado, de Pubnico, Nova Escócia, desaparecido num dóri."

Sua mulher estava na sala. Ouviu-se um grito sufocado, tal como quando se fere um animal. Acalmaram-na e a retiraram da sala. Aguardou-o por vários meses, contra toda esperança, pois os pescadores que estavam nos dóris conseguiram se salvar noutros veleiros. Agora tinha certeza.

Harvey viu um polícia na calçada chamando um coche para levar a mulher à sua casa.

– São cinquenta centavos até... – começou a dizer o cocheiro, mas o polícia levantou a mão. – Bom, de toda maneira, vou nesta direção. Pode subir. Ouve, Alf, não vai me multar da próxima vez que tiver os faróis apagados?

Fechou a porta, e já não se viu mais na entrada aquela brilhante mancha de luz solar. Harvey voltou o olhar para o homem que lia, anunciando em voz alta aquela lista interminável.

"19 de abril. O veleiro Mammie Douglas, perdido nos bancos de recifes com toda a tripulação.

Eduard Canton, capitão, 43 anos, casado, de Shelbourne, Nova Escócia.

G. W. Clay, 28 anos, negro, casado, desta cidade."

A leitura continuava. Harvey sentia como se algo apertasse sua garganta, seu estômago o fazia lembrar quando caiu do transatlântico.

"10 de março. Veleiro We're Here (o sangue de Harvey gelou). Otto Svedson, vinte anos, solteiro, desta cidade, desapareceu pela borda."

Outra vez se ouviu um grito desolado e profundo, que saiu de algum lugar da sala.

– Não devia ter vindo, não devia ter vindo – murmurou Long Jack, com certo desgosto e piedade.

– Não leve isso a peito, Harvey – resmungou Dan.

Foi o que ouviu do companheiro, pois em seguida se sentiu submerso numa escuridão intensa, em que brilhavam bolas de fogo. Disko se inclinou para falar com sua mulher, que estava sentada ao lado da senhora Cheyne, abraçando-a, enquanto a outra mão segurava as da mãe de Harvey, que se moviam como se quisessem agarrar alguma coisa.

– Baixe a cabeça, baixe a cabeça – murmurou a mulher de Disko.

– Vai passar logo.

– Não posso, não posso, deixe-me... – exclamou a senhora Cheyne, sem saber o que dizia.

– Mas deve fazê-lo – insistiu a senhora Troop. – Seu filho acaba de desmaiar. Isso acontece quando estão nesse período de crescimento. Quer cuidar dele pessoalmente? Podemos sair por aqui. Venha comigo. Não chore. Nós, mulheres, devemos nos preocupar com estes homens que estão a nosso cuidado. Venha!

Como se fossem os guarda-costas de Harvey, os tripulantes do We're Here abriram caminho entre a multidão. Quando conseguiram que Harvey se sentasse num banco da antessala, ele continuava pálido e tremia muito.

– Aparenta estar melhor, para não alarmar sua mãe – disse a senhora Cheyne quando se debruçou sobre ele.

– Como acreditar que um garoto aguentou tudo isso? É horrível! Não devíamos ter vindo. É um grande equívoco, além da maldade que encerra... Não... não é certo! Por que não publicam isso nos jornais, como deveria ser? Está melhor, querido?

Tudo isso envergonhou bastante Harvey.

– Sim, creio que estou melhor – disse num murmúrio, tentando ficar em pé. – Deve ser algo que comi no café da manhã.

– Talvez café – disse Cheyne, cujos traços haviam se endurecido e o rosto parecia uma máscara de bronze. – Iremos em seguida, sem esperar o final.

– Creio que é hora de ir para o cais – disse Disko. – Com todos esses pescadores italianos aí dentro, o ar não é nada bom. Creio que a brisa do mar fará bem à senhora Cheyne.

Harvey afirmou que nunca se sentira tão bem. Mas até que pudesse ver o We're Here, que acabara de sair das mãos dos trabalhadores do estaleiro de Wouverman, não perdeu os sentimentos que o inundavam e se transformaram então numa estranha mescla de orgulho e tristeza.

Muitas pessoas estavam no entorno, turistas e outros mais nos dóris ou passeando pelo cais. Mas ele via tudo a partir de um ponto de vista diferente; compreendia muitas coisas, mais do que podia refletir sobre elas. Contudo, sentia vontade de se deitar em algum lugar e gritar por causa da partida do veleiro. A senhora Cheyne chorou durante todo o caminho até a embarcação, dizendo muitas coisas para a senhora Troop, que a tratava maternalmente, tentando consolá-la, até que Dan, que não era tratado assim pela mãe desde que tinha seis anos, assobiou, com algum estranhamento. A antiga tripulação (Harvey se sentia como um lobo do mar) embarcou no veleiro, que estava entre os dóris agitados, enquanto Harvey se encarregava de soltar as amarras. Todos queriam falar tantas coisas que ninguém disse nada em particular. Harvey encarregou Dan de não esquecer as botas do tio Salters, nem a âncora do dóri de Penn. Long Jack recomendou a Harvey que não se esquecesse das lições de navegação e do manuseio do velame. Mas as brincadeiras não produziam efeito na presença das duas mulheres, é difícil ser engraçado quando se interpõem entre os amigos as verdes águas da baía.

– Iça a genoa e a maior – gritou Disko, dirigindo-se ao timão, quando ficaram numa posição favorável ao vento. – Nós nos veremos outra vez, Harvey. Não sei o que pensar, mas me parece que você e sua família são boas pessoas.

Logo a escuna estava a tal distância que já não era possível ouvir nada, mas permaneceram no atracadouro até que a embarcação saísse da baía. A senhora Cheyne continuava chorando.

– Bom, cara senhora – disse a mãe de Dan. – Nós somos mulheres. Não é provável que suas lágrimas a consolem. Deus sabe que a mim nunca me serviram para nada. Mas Ele também conhece as causas justas do meu pranto.

***

Alguns anos mais tarde, no outro extremo dos Estados Unidos, um jovem atravessava uma rua em que o vento uivava, entre a névoa a ocultar as habitações construídas em madeira imitando pedra. No momento em que se detinha sobre seu cavalo, um animal que, se fosse barato, pediriam mil dólares por ele, diante de um portão com grade de ferro, outro jovem da mesma idade se aproximou.

– Olá, Dan!

– Olá, Harvey!

– O que conta?

– Nessa viagem, já serei esse bicho que se chama segundo-piloto. Mas não concluiu os estudos complicados?

– Continuo estudando. Posso te dizer que a universidade é algo bem distinto do We're Here. Mas assumirei isso de ser patrão definitivamente no próximo outono.

– Está se referindo à nossa companhia de vapores?

– Não poderia ser outra coisa. Espera até que possa atracar. Quando assumir o cargo, colocarei a antiga companhia sob meus pés e a farei gritar.

– Correrei o risco – disse Dan com uma careta fraternal, enquanto Harvey descia do cavalo e lhe perguntava se viera para ficar.

– Vim por isso. Ouve, não anda por aí aquele negro louco? Tenho de prestar contas com ele.

O ex-cozinheiro do We're Here saiu da névoa sorrindo como que em triunfo, para tratar do cavalo. Ele não permitia que nenhuma pessoa cuidasse das necessidades de Harvey.

– É tão cerrada como a do banco do recife. Não é, doutor? – disse Dan de maneira fraternal.

Mas aquele celta, negro como o carvão, que tinha um segundo olho, não achou necessário contestar Dan, sem antes bater levemente no seu ombro e repetir com voz de ave de mau agouro, pela vigésima vez, a profecia remota:

– Patrão, sócio, patrão e sócio. Dan Troop, lembra do que disse quando estávamos no We're Here?

– Bom, não direi que as coisas não foram assim – disse Dan. – De toda maneira, o We're Here era um bom barco. Devo muito a ele... e ao meu pai.

– Eu também – acrescentou Harvey Cheyne.

Livros para mudar o mundo. O seu mundo.

Para conhecer os nossos próximos lançamentos
e títulos disponíveis, acesse:

www.**citadel**.com.br

/citadeleditora

@citadeleditora

@citadeleditora

Citadel - Grupo Editorial

Para mais informações ou dúvidas sobre a obra,
entre em contato conosco pelo e-mail:

contato@**citadel**.com.br